LA CRYPTE
DES CAPUCINS

Joseph Roth

LA CRYPTE
DES CAPUCINS

ROMAN

Traduit de l'allemand
par Blanche Gidon

Préface
de Dominique Fernandez

Éditions du Seuil

Première publication en France, Paris, Plon

TEXTE INTÉGRAL

TITRE ORIGINAL
Die Kapuzinergruft

ÉDITEUR ORIGINAL
© 1972 by Verlag Allert de Lange, Amsterdam,
und Verlag Kiepenheuer & Witsch, Köln

ISBN 2-02-026418-8
(ISBN 2-02-006609-2, 1re publication
ISBN 2-02-009305-7, 1re publication poche)

© Éditions du Seuil, novembre 1983, pour la traduction française
et janvier 1996 pour la préface

Le Beau Danube noir

Vienne, si vide aujourd'hui, si triste, sorte de Pompéi du XXe siècle, dont ne restent que des ruines culturelles, après la double catastrophe volcanique de l'écroulement de la monarchie austro-hongroise et de l'extermination de l'élite juive par les nazis, Vienne a inspiré aux témoins de son agonie, entre les deux guerres mondiales, des romans d'une nostalgie poignante. Stefan Zweig, Hermann Broch, Hugo von Hofmannsthal, Robert Musil ont connu plus tôt la gloire ; mais c'est peut-être à Joseph Roth qu'on doit les chants les plus élégiaques, les plus désespérés.

La Marche de Radetzky, son livre le plus célèbre, raconte, à travers trois générations de la famille Trotta, la désintégration de la société autrichienne dans la seconde moitié du XIXe siècle jusqu'à la mort de l'empereur Fran-çois-Joseph en 1916. Livre attendri jusqu'au lyrisme, mais aussi grinçant jusqu'au sarcasme. *La Crypte des capucins* est d'un autre ton : plus grave, plus funèbre, sans être moins chatoyant. Un membre d'une autre branche des Trotta reprend l'histoire de Vienne et de l'empire à la veille de la Grande Guerre et la conduit jusqu'à l'Anschluss de 1938. Cette fois, il parle à la première personne, innovation chez Roth, qui confère à ce roman un air de confidence.

Après la grande symphonie de *La Marche,* voici la

musique de chambre, douce, pénétrante, lancinante, avec des traits fulgurants d'ironie. Roth est passé d'un registre à l'autre avec autant d'aisance que Schubert écrivant le quintette pour deux violoncelles après la symphonie en *ut* majeur.

François-Ferdinand Trotta se décrit au milieu du cercle de ses amis, jeunes gens oisifs que la mort guette, en ce printemps de 1914, tapie au cœur de leur bals, de leurs parties de campagne et de leurs amourettes. Un trait de leur aimable narcissisme : on a bien raison d'appeler « mondiale » la Grande Guerre, dit le narrateur, « non parce qu'elle a été faite par le monde entier, mais parce qu'elle nous a tous frustrés d'un monde, du monde qui précisément était le nôtre ». Et dont la poésie, aussi délicieuse que fragile, ne s'exhalait nulle part ailleurs plus fraîche et entêtante que dans les salles de café, avec la caissière, invariablement blonde et de formes généreuses, « espèce d'honnête déesse du vice », les murs enfumés, les jeux d'échecs, les becs de gaz, la servante en tablier bleu, le gendarme, « en casque mastic, qui faisait sa brève apparition, l'air aussi autoritaire qu'embarrassé, et qui appuyait presque timidement son fusil, baïonnette au canon, contre le porteparapluie », les joueurs de tarots, pourvus de favoris à la François-Joseph : voilà l'atmosphère qui constituait la « patrie » de Joseph Roth, le domaine enchanté et périssable dont la perte ne lui laisse que les yeux pour le pleurer et l'humour pour en rire.

Le roman est parsemé de scènes inoubliables, telles les rencontres du jeune héros et de sa mère, dont il baise chaque fois cérémonieusement la main, seule effusion de tendresse permise dans ces familles gouvernées par une étiquette méticuleuse. Le jour où il lui annonce qu'il part pour la guerre, elle se contente de lui donner le menu du déjeuner, escalopes et beignets aux quetsches. « Cette irruption soudaine de *Zwetschkenknödel* pacifiques dans mes préparatifs pour la mort m'apparut comme une manifestation merveilleuse de maternité. Je fus tellement ému que je faillis me mettre à genoux. Mais j'étais trop jeune pour que mon émotion ne me fît pas honte. Et je sais depuis ce moment-là qu'il faut avoir atteint la maturité complète ou posséder au moins une grande expérience pour montrer ses sentiments sans en être empêché par la fausse honte. »

Non moins bouleversante la mort du vieux domestique. Pour adoucir ses derniers moments, François-Ferdinand renonce à sa nuit de noces, et la jeune épousée, lasse d'attendre dans la chambre d'hôtel un homme qui préfère si visiblement les liens de la tradition familiale à ceux du sentiment individuel, repart pour Vienne tandis qu'il rejoint le front. De son côté, il est vrai, Élisabeth ne paraît pas très fixée sur ses préférences sexuelles ; et il y a dans l'évocation de la liaison entre Élisabeth et une certaine Yolande aux allures garçonnières comme un pendant féminin et lesbien de l'aventure racontée par Stefan Zweig dans *La Confusion des sentiments,* sauf que l'homosexualité féminine semble avoir été beaucoup plus franche, dans la Vienne de ces années-là, que la masculine, corsetée de honte et de tabous.

Le roman de Roth, par sa lucidité toute pénétrée de mélancolie, dégage la même aura mystérieuse que *Le Guépard* du prince de Lampedusa ; et il ne serait pas difficile d'établir un parallèle entre le déclin de l'Autriche et le crépuscule de la Sicile, deux univers somptueux étouffés par leurs propres richesses. Cependant, il y a entre les deux livres une différence considérable, qui tient sans doute à la situation sociale respective des deux auteurs.

Le prince de Salina, aristocrate jusqu'au bout des ongles et représentant d'un monde élitiste et clos sur lui-même, juge avec mépris le mariage de son neveu Tancredi

III

et d'Angelica, fille d'un notaire enrichi : mésalliance, déchéance, ne peut-il s'empêcher de penser. Chez Roth, on est surpris de voir avec quelle sympathie, au contraire, son jeune héros, issu de la grande bourgeoisie, accueille un sien cousin, déclassé, réduit à colporter des marrons et des pommes de terre à travers les territoires de l'ancienne monarchie. Le portrait de ce Joseph Branco, slovène, possesseur d'une peau de mouton, d'un mulet, d'une petite voiture, d'un réchaud et de cinq sacs pour sa marchandise, plus une moustache noir-bleu et une forte denture, est une merveille de saveur et de gaieté.

Aucune trace de morgue chez François-Ferdinand. Il se fait gruger de bon cœur par ce parent inconnu, qui lui vend, beaucoup plus cher que leur valeur, son gilet de peluche à fleurs avec des boutons en verre coloré et sa chaîne de montre en or tressé. Le jeune bourgeois est enchanté de franchir les limites du monde frivole de ses amis, pour se retremper, au contact de ce rustique marchand ambulant, dans un terroir plus authentique. De même, la rencontre de Manès Reisiger est un nouveau choc roboratif pour le fils de famille. Manès est un juif de Galicie, cocher de son métier, colossal et noir à faire peur, équipé de deux poings rouges « sortant comme deux marteaux des manches noires du caftan ». A nouveau, ce personnage inspire à François-Ferdinand une sorte de respect fasciné pour sa force physique, son étrangeté, son enracinement dans une réalité dont lui-même se sent douloureusement coupé.

Pourquoi cette ouverture à *l'autre,* cette sensibilité à ce qui est différent de lui, si contraires à l'assurance hautaine du prince de Salina ? Deux causes expliquent cette différence. Le fait d'être juif, d'abord, prédisposait Joseph Roth à une mobilité mentale inconnue d'un aristocrate sicilien figé dans l'orgueil de sa caste et l'immobilisme de son île.

IV

En Europe centrale, surtout, qui dit juif dit errance, nomadisme, persécution, habitude du malheur chronique et compassion au malheur des autres.

Second motif : la nature même de la monarchie austro-hongroise, bicéphale par Vienne et Budapest, mais multinationale et multiraciale par le corps. La grandeur de l'empire, selon Roth, ne tenait pas à sa capitale autrichienne, mais aux nombreuses provinces hétérogènes dont il était constitué : Slovénie (Joseph Branco), Galicie (Manès Reisiger), mais aussi Bosnie, Moravie, Transylvanie, etc. « La quintessence de l'Autriche, on ne la découvre pas au centre de l'empire, mais à la périphérie. Ce n'est pas dans les Alpes qu'on trouve l'Autriche : on n'y trouve que des chamois, des edelweiss, des gentianes. »

Telle est la pensée constante de Roth. Du coup l'on comprend pourquoi l'effondrement et le démembrement de l'empire ont signifié la mort de Vienne, et pourquoi les écrivains autrichiens d'aujourd'hui, Peter Handke ou Thomas Bernhard, ne sont que sarcasme et féroce rancœur contre leur patrie. Privée de ses colonies, celle-ci n'est plus qu'une dépouille vide. Vienne, l'Autriche n'étaient, ne sont que peu de chose : toute la richesse était dans les marges.

Et même, note François-Ferdinand, tout ce qu'on appelle viennois et autrichien n'était qu'une imposture, une usurpation par le pouvoir central de la sève des peuples asservis. « Ainsi que mon père le disait souvent, la gaieté de Vienne, en sa diversité, se repaissait nettement de l'amour tragique voué à l'Autriche par les terres de la Couronne. Amour tragique parce que sans réciprocité. Les tziganes de la plaine hongroise, les Houzoules subcarpatiques, les cochers juifs de Galicie, mes propres parents, marchand de marrons à Sipolje, les Souabes, planteurs de tabac de la Bacska, les éleveurs de chevaux de la steppe, ceux de Bosnie et d'Herzégovine, les maquignons de l'Hanakie en Moravie, les tisserands de l'Ersgebig, les meuniers et les marchand de corail de Podalie, tous, ils nourrissaient généreusement l'Autriche. Plus ils étaient pauvres et plus ils étaient généreux. Tant de souffrances, tant de maux, volontairement offerts comme une chose toute naturelle, avaient été nécessaires afin que le cœur de la monarchie pût passer dans le reste du monde pour la patrie de la grâce, de la gaieté, du génie! Et la grâce fleurissait, grandissait, mais sur un sol engraissé par la douleur et l'affliction. »

Page capitale, qui démonte une fois pour toutes le mythe stupide des « valses de Vienne », colore en noir « le beau Danube bleu » et fait de Joseph Roth, chroniqueur amer de ce mensonge colonial, le chantre et le prophète d'une modernité fondée, non plus sur l'exploitation du plus faible par le plus fort, mais sur un métissage intelligent entre peuples divers.

Joseph Roth est né en 1894, en Galicie, de parents juifs. Études de philologie à Lemberg et à Vienne. En 1916, il s'engage dans l'armée autrichienne. Après la guerre, il se tourne vers le journalisme et collabore à de nombreux journaux. En 1933, il émigre à Paris où il demeurera jusqu'à sa mort en 1939.

Il laisse une œuvre abondante et variée : treize romans, huit longs récits, trois volumes d'essais et de reportages, un millier d'articles de journaux.

Le 18 mai 1939, un jeudi, jour de l'Ascension, un pneu m'appelait auprès de Joseph Roth. Un petit mot, comme il m'en envoyait souvent. J'allai le voir aussitôt. Je devinais qu'il avait quelque service à me demander pour un compatriote, exilé comme lui, plus malheureux que lui. Et c'était vrai. Je ne sais plus exactement de quoi il s'agissait, mais ce que je me rappelle bien ce sont tous les autres détails de notre réunion. Cet après-midi-là, je trouvai Roth installé comme toujours dans la salle de café du petit hôtel de la rue de Tournon, voisin du Sénat, où il a vécu les derniers mois d'une existence jusque-là errante. Assis à une table de marbre, sur la banquette, près de la fenêtre, il avait selon son habitude, éparses autour de lui, des liasses de papiers, en désordre apparent, en fait méthodiquement classés : articles auxquels il travaillait avec un soin méticuleux, pour des journaux d'émigrés, et dont chacun était un petit chef-d'œuvre d'exactitude, d'émotion et de style. Devant lui un verre à moitié vidé. Quelques soucoupes empilées. Trop de soucoupes. En me voyant entrer, il se leva un peu lourdement, cérémonieusement, comme de coutume et, après le baise-main auquel un Autrichien ne manque jamais, il me céda la banquette et se mit en face de moi. Notre entrevue (j'ignorais que ce serait la dernière) débuta par la querelle obligatoire : « Vous en avez encore trop pris. Quand serez-vous raisonnable ? » Il me dit : « Permettez-moi de parler allemand. Aujourd'hui, je me sens fatigué. » Alors il entama sa défense : il se suicidait, il n'en pouvait plus, il ne pouvait plus supporter la misère de tous ceux qui venaient quémander son secours, il ne pouvait plus

7

supporter la peine de ses compatriotes enfermés en Autriche. Tous les jours, il recevait de mauvaises nouvelles. Emprisonnements, disparitions, morts... Ses yeux bleus, un peu saillants, où l'esprit mettait si souvent une étincelle amusée, s'embuaient. Tristesse? Alcool? Les deux sans doute. Je cessai de le gourmander. A quoi bon? Pouvais-je lui rendre ce qu'il avait perdu? Sa femme, frappée de démence et qui, depuis des années, perdait sa jeunesse et sa beauté dans une maison de santé, près de Vienne, loin de lui? Et son Autriche d'autrefois dont la défaite, le morcellement, l'avaient accablé, dont l'annexion par l'odieux nazisme l'achevait? « J'ai perdu mon pays. » Ces mots revenaient sans cesse sur ses lèvres, dans ses lettres. Non qu'il se délectât à ruminer son chagrin. Il avait conservé le goût viennois de la plaisanterie légère, des anecdotes qu'on se chuchote à l'oreille, des mots d'esprit qu'on s'offre comme une friandise. Quand il était dans ses bons jours, il tenait sous le charme l'auditoire nombreux qui se groupait chaque soir autour de lui, et auquel il permettait de retrouver, dans un petit café de Paris, l'atmosphère si spéciale des cafés élégants de Vienne. Mais, de plus en plus souvent, son entrain tombait tout à coup. Il se taisait, comme assommé de chagrin, terrassé par des souvenirs pénibles et, il faut bien le dire, par les fumées de l'alcool.

Ce jeudi-là donc, nous nous trouvions seuls. C'était, comme je l'ai dit, le jour de l'Ascension. Les fêtes attristaient toujours Roth. De plus, il pleuvait sans arrêt, désespérément. Il me disait : « Je suis bien malade, cher ami. » *Lieber Freund.* Il mettait le mot au masculin comme souvent dans ses lettres, pour souligner la qualité de l'amitié qui s'était nouée peu à peu entre nous. « Je suis bien malade... Au mois de novembre, vous irez à mon enterrement. » J'aurais dû partir. Il me retenait : « Attendez la fin de la pluie. Dans dix minutes, elle s'arrêtera. Je vais lui commander de finir pour vous. » Il sortit sur la terrasse, mû par une de ses lubies, fréquentes chez ce grand enfant. Là, en faisant avec ses bras de larges gestes de conjuration, il ordonna au mauvais temps de cesser. Je ne suis pas absolument certaine que ce fût comédie pure. Il est permis au poète d'avoir foi en son pouvoir magique. Pourquoi celui qui fait battre tant de cœurs n'imposerait-il pas sa volonté aux nuages du ciel? Mais les nuages se montraient rétifs. Et je dus à l'obstination de la pluie de prolonger ma visite de trois grandes heures, les dernières qu'il me fut donné de passer auprès de celui que je ne devais plus entrevoir qu'un instant, huit jours plus tard, agonisant dans une salle de l'hôpital Necker.

Le 30 mai, plusieurs mois avant la date fixée par lui, ses amis accompagnaient au cimetière de Thiais « le plus grand poète en prose de l'Autriche », mort prématurément en exil, à l'âge de quarante-cinq ans.

Certes, si Roth, qui s'est complu maintes fois à décrire par le menu tant de funérailles, avait pu être spectateur de son enterrement, il en eût éprouvé fierté et satisfaction. Toute la cérémonie, dans sa simplicité austère, eût été à son goût. Et d'abord, plus éloquente que les discours dont il n'avait pas voulu, la tristesse visible, sincère, d'une assistance où ne se voyait pas un seul visage indifférent. Public émouvant, presque tragique, composé en majeure partie de ces proscrits auxquels le poète avait prodigué, avec la bonne grâce dont il ne se départait jamais, ses conseils, ses bonnes paroles, son argent (quand il lui arrivait d'en avoir) et, chose plus précieuse que toutes pour un travailleur comme lui, son temps. On apercevait, dans ce public, des écrivains et des artistes illustres, émigrés de Vienne, de Prague, de Berlin, des hommes politiques de toutes nuances, des journalistes. Et aussi des anonymes, de pauvres apatrides, de ceux qu'il avait lui-même accompagnés un jour dans les bureaux de la préfecture de police afin d'obtenir pour eux le papier qui leur permettrait de séjourner en France. A côté de ces humbles, qui ne pouvaient retenir leurs larmes, on voyait une délégation de légitimistes autrichiens venus déposer sur le cercueil de celui dont le nom avait pour eux valeur de symbole des couronnes de feuillage, cravatées de larges rubans aux couleurs des Habsbourg, noir et jaune. L'un de ces rubans portait comme inscription un seul nom, mais qui aurait mis Roth au comble du bonheur : Otto. L'emplacement de sa tombe aussi aurait plu à notre cher disparu. Tout au bout du cimetière, à l'endroit où la campagne commence, elle se trouvait en contact direct avec des prairies printanièrement fleuries et qui faisaient songer aux vastes plaines polonaises, stridentes de grillons, que Roth aimait tant à décrire.

Les prières récitées par un chanoine autrichien exilé, la dernière pelletée de terre tombée, comme nous nous en allions, un ami de Roth dit : « Quel dommage qu'il n'ait pas pu assister à cela ! C'est exactement ce qu'il aurait rêvé. Il ne manquait que *la Marche de Radetzky.* » Ces mots traduisaient l'impression générale. En effet, comment songer à Roth sans penser en même temps à la marche célèbre de son compatriote Johann Strauss, marche dont il a donné le nom au plus autrichien de ses romans, et dont il a fait comme le symbole musical de l'Autriche sous François-Joseph ?

Étrange destinée que celle qui fit de Joseph Roth [1], écrivain né dans la *périphérie* de la double monarchie, l'avocat-poète de la cause habsbourgeoise et le centre de ralliement d'un parti. Rien ne semblait prédestiner le jeune Volhynien, d'origine israélite, à devenir le catholique pratiquant et le monarchiste représentatif qu'il fut à la fin de sa vie trop brève, et à faire de son nom comme le drapeau des légitimistes. Et pourtant son légitimisme et son catholicisme étaient de bon aloi, et non littérature pure, comme certains inclinaient à le croire. Le légitimisme et le catholicisme ont modelé le Roth des dernières années comme seuls des sentiments profonds peuvent modeler un être. Ils ont été le milieu vital de Roth. Alors qu'il voyait tout ce qu'il aimait s'effondrer autour de lui, il a eu besoin de se raccrocher à quelque chose. Pour employer un grand mot qu'il me reprocherait sûrement, il lui fallait trouver dans un « idéal » une raison de vivre, une foi. Légitimisme et catholicisme les lui

---

1. La biographie de Joseph Roth, avec les dates fournies par lui-même, a paru dans la préface de *la Marche de Radetzky* (Plon, 1934). On trouvera également des détails curieux dans son entretien avec Frédéric Lefèvre (*Nouvelles littéraires* du 2 juin 1934). Je me contenterai donc de rappeler ici les titres des œuvres publiées postérieurement à *Radetzky*. Ce sont : *Der Antichrist, Beichte eines Mörders, Die Hundert Tage* (traduction française chez Grasset), *Das Falsche Gewicht, Die Kapuzinergruft*. Il existe encore un *Clemenceau* paru en anglais, et deux romans inédits.

ont offertes. Le premier lui promettait la libération de sa patrie terrestre, le second la rémission de ses péchés et l'accès à sa patrie céleste. Job, le héros du plus poignant de ses romans, finissait par éprouver des velléités de révolte contre un Dieu sans douceur. Trotta, le narrateur de *la Crypte des capucins,* sent qu'il sera pardonné par un Dieu de miséricorde. Comme Roth, qui s'identifiait certainement à lui, il envisage sans crainte de comparaître devant un juge qu'il sait compréhensif et clément.

Quant à l'Autriche, sa patrie terrestre, Roth était convaincu de sa reconstruction. Pour lui, seule une fédération des peuples de l'Europe centrale serait capable d'opposer une barrière efficace aux envahissements de la barbarie hitlérienne. Cette fédération idéale, les Habsbourg l'avaient réalisée. Il convenait donc de remettre les Habsbourg sur le trône. Peut-être avait-il raison. Mais il ne s'agit pas de discuter la question, il convient seulement de constater que telle était la conviction de Roth et que c'est à cette conviction, à sa tendresse pour le régime des Habsbourg, que nous devons ses deux beaux livres : *la Marche de Radetzky* et *la Crypte des capucins.*

« Il n'est d'histoire que du particulier. » Roth le pense et il le fait dire aussi à son porte-parole de la *Confession d'un assassin :* « Je ne m'intéresse qu'aux histoires privées. » *La Marche de Radetzky* et *la Crypte des capucins* ne sont donc pas des romans historiques au sens habituel du terme. C'est à la lumière d'affaires privées, les affaires des différentes familles Trotta, que l'auteur décrit la décadence de la double monarchie, ainsi que l'écroulement de la petite Autriche d'après-guerre. Les Trotta sont originaires de Slovénie et de souche paysanne. Les uns, à Sipolje, labourent leur terre natale, les autres ont essaimé dans le vaste empire. D'abord ceux de *la Marche de Radetzky,* dont le deuxième du nom, un petit lieutenant d'infanterie, en sauvant la vie à François-Joseph, sur le champ de bataille de Solférino, a gagné pour lui-même et pour ses descendants (son fils, le préfet von Trotta, et son petit-fils, le lieutenant Charles-Joseph), outre la particule nobiliaire, la protection personnelle de l'empereur. Puis les Trotta de *la Crypte des capucins,* bourgeois distingués, enrichis dans l'industrie, fixés à Vienne, où l'avant-dernier rejeton, François-Ferdinand, mène, à la veille de la guerre de 1914, une vie de jeune désœuvré, frivole et insouciante. Commencée à Solférino, *la Marche de Radetzky* s'arrête à la mort de François-Joseph, auquel le préfet von Trotta ne peut survivre. Commencée au printemps de 1914, *la Crypte des capucins* se termine à l'Anschluss auquel François-Ferdinand, on le pressent, ne survivra guère non plus. En faisant vivre ses personnages en Moravie, à la frontière austro-russe, en Slovénie, à Vienne, Roth a été amené à brosser un tableau d'ensemble de l'empire, *un dans sa diversité*. Il a pu insister, et c'est l'un de ses thèmes favoris, sur le fait que la monarchie habsbourgeoise avait valeur d'idée unificatrice. Cette idée, elle se concrétisait dans une foule de signes visibles et tangibles que l'auteur se plaît à énumérer. Celui qui voyageait dans les divers pays de l'Autriche-Hongrie les retrouvait partout. C'étaient les couleurs noir et jaune, l'aigle bicéphale des monuments publics, les uniformes des officiers, des soldats, des douaniers, des gendarmes, les débits de tabac, les gares, les cafés, c'était l'hymne impérial, le *Gott erhalte* qui s'ajoutait en tout lieu aux chants régionaux.

Si les Trotta présentés par Roth, dans ses deux romans, sont de la même souche, ils ne se connaissent pas, et leurs caractères, formés par des circonstances, des éducations diverses, diffèrent considérablement. Le ton des deux livres est bien différent aussi et je remarquerai, en passant, que pour chacune de ses œuvres, d'inspiration si variée, Roth, maître incontesté de la langue allemande, a su créer un style particulier, adapté au sujet. *La Marche de Radetzky, la Crypte des capucins,* les titres eux-mêmes soulignent la diversité du ton. *La Marche de Radetzky,* c'est une musique militaire entraînante, pimpante. Elle porte le nom du dernier général glorieux de l'Autriche. Bien que les accents en soient déjà un peu voilés, elle continue d'évoquer des parades sonores, des uniformes brillants, et cette Vienne, carrefour du monde, où races et religions se rencontraient, se croisaient, se toléraient, où des idiomes divers avaient droit de cité, et qui était comme un trait d'union entre l'est et l'ouest, le nord et le midi de l'Europe. Un bel édifice, mais qui se lézarde. Il est vrai que les fentes ne sont encore visibles qu'aux regards singulièrement perspicaces du comte Chojnicki. Le préfet von Trotta de Sipolje, son fils Charles-Joseph n'en ont qu'un vague soupçon. Et quand le magnat polonais, une des créations les plus curieuses de Roth, leur précise la situation, M. von Trotta considère que ses propos sont un crime de lèse-majesté. Pour Chojnicki, si l'empire tient encore, c'est grâce au respect que François-Joseph continue d'inspirer à ses peuples. Mais l'empereur est bien vieux, la monarchie n'en a plus pour longtemps : « C'est un vieillard voué à la mort et dont le moindre rhume de cerveau met les jours en danger qui maintient le trône par le simple miracle qu'il peut encore s'y tenir assis. Pour combien de temps ? » La défaite et le morcellement sont plus proches que celui qui prononce ces mots ne le soupçonne. Lui-même perd la raison en voyant sombrer brutalement son univers.

Contrastant avec les roulements de tambour, les coups de grosse caisse et de cymbales que le nom d'une marche militaire évoque nécessairement, c'est à une marche funèbre que fait penser le titre du dernier roman paru de Roth, *la Crypte des capucins*. En adoptant la forme d'un récit à la première personne, l'auteur se donne licence d'exprimer directement ses points de vue et ses sentiments sur les sujets qui lui tiennent à cœur. Alors que, dans *la Marche de Radetzky*, le lecteur doit découvrir les idées en arrière des tableaux multiples d'une ample fresque, il arrive que, dans *la Crypte des capucins*, Roth expose ces idées avec une certaine complaisance, d'un ton presque didactique. « C'est un livre auquel je tiens », disait-il souvent, et je crois qu'il y tenait comme à une sorte de testament-confession où il exprimait ses méditations et ses tourments.

La Crypte des capucins se présente donc comme un testament et un examen de conscience. Ceux de l'auteur et de ses compatriotes. C'est sans doute pourquoi Roth a choisi ce titre funèbre, pourquoi la préoccupation de la mort y apparaît de place en place en une phrase comme stéréotypée, pourquoi, même quand le mot n'est pas écrit, l'idée ne cesse pas de hanter l'esprit du lecteur comme elle obsédait le cœur et l'âme de l'écrivain. Telle une intuition latente dont la mort prématurée de Roth a prouvé malheureusement qu'elle n'anticipait guère sur la réalité.

Mais si le ton, systématiquement maintenu dans une grisaille uniforme, confère à *la Crypte des capucins* une remarquable unité, il a pu sembler à certains que l'auteur n'a pas « fignolé » avec un amour égal toutes les parties de son livre. Roth a toujours comblé ses lecteurs, il les a rendus difficiles et, quand on aborde une de ses œuvres, on attend de lui la richesse des détails et l'équilibre de l'ensemble caractéristiques de *la Marche de Radetzky,* par exemple. Aussi ceux qui ont lu son roman dans l'original allemand ont-ils parfois formulé quelques critiques. Ils ont regretté que toutes les scènes ne soient pas également développées, que le dessin de tous les personnages ne soit pas également poussé. Ils ont été déçus parce qu'ils ne trouvaient pas sur les journées tragiques de février et de juillet 1934 des pages magistrales. Au lieu de leur donner sa description personnelle de ces événements, Roth n'y fait qu'une allusion épisodique. La force lui aurait-elle donc manqué pour écrire les pages qu'on attendait de lui? On l'a insinué. Moi, je ne le crois pas. Je crois au contraire que s'il avait eu l'intention de peindre les fusillades de février et l'assassinat de Dollfuss, il en aurait été capable. Il en aurait eu l'énergie, de même qu'il avait l'énergie de rédiger quotidiennement des articles pour une demi-douzaine de journaux. Mais – j'insiste là-dessus – il était dans sa manière de ne raconter les événements que dans la mesure où ses personnages en sont les acteurs ou, tout au moins, les spectateurs. Roth est un conteur, non un aède homérique, un peintre de l'école hollandaise et non un peintre de batailles romantiques, à grand orchestre de couleurs. Il faut que le fils du cocher polonais Manès Reisiger tombe sous les balles de février et que le narrateur assiste, par hasard, à son enterrement pour que Roth fasse allusion à ces journées tragiques et prédise la fin sanglante de l'homme qui a toléré que la poudre parle : « Celui qui tue sera tué. » Je crois donc que l'inégalité des développements est voulue et qu'ayant à peindre le chaos, Roth, si attaché d'ordinaire à

14

l'équilibre de la composition, a pour une fois dérogé sciemment à ses principes.

Ce qu'il décrit, en effet, dans *la Crypte des capucins,* ce n'est pas, comme dans *la Marche de Radetzky,* un « ordre qui se défait » mais un ordre *déjà* défait. Le désordre. L'Autriche est disloquée. Ses bergers – ses *bons* bergers, dirait l'auteur – sont morts ou en exil. Vienne n'est plus que la tête monstrueuse d'un corps nain, une salle de bal trop vaste pour des danseurs trop clairsemés. La jeunesse dorée, à laquelle François-Ferdinand Trotta appartenait, partie insouciante pour le front en revient dégrisée. Elle ne trouve plus que ruines, misère, amoralité. Appauvris par l'inflation, désaxés par l'écroulement d'une monarchie tutélaire, ces hommes, jeunes encore, cherchent vainement un point d'appui pour remplacer celui des traditions anciennes. Mais leur éducation ne les a pas préparés au métier de constructeur. Chez ces enfants gâtés d'une capitale « sans cesse nourrie, refaite par les États de la Couronne », les forces, auxquelles manque l'afflux de sang frais fourni naguère par les « marchands de marrons de Slovénie et les cochers juifs de Pologne », s'anémient. Ils sont condamnés à succomber avec leur civilisation raffinée, à moins qu'un gouvernement efficace ne les prenne en main pour les diriger. Or leurs gouvernements successifs ne représentent que des partisans. Qu'ils soient rouges, qu'ils soient noirs, peu importe. Aucun ne sait placer l'Autriche au-dessus des partis. Et quand le Viennois François-Ferdinand Trotta s'avise qu'il serait peut-être temps de se soucier de la chose publique, il voit se dresser devant lui un personnage burlesque, dans un uniforme bizarre, et qui lui crie avec un accent plus prussien qu'autrichien : « *Volksgenossen,* un nouveau gouvernement populaire allemand a pris le pouvoir ! »

Plus de *Gott erhalte,* mais le *Horstwessellied.* Plus de drapeaux noir et jaune, ni même blanc et rouge, la croix gammée les a expulsés. Une population douce, spirituelle, cultivée, d'aristocrates et d'intellectuels cosmopolites est condamnée à périr, assassinée, torturée dans les camps de concentration, par une plèbe barbare. C'est tout cela, c'est le martyrologe de la pauvre petite Autriche qu'annonce, à l'épilogue de *la Crypte des capucins,* l'intrusion du SS dans le café Friedmann.

Alors le dernier Trotta de Vienne pressent les temps de la grossièreté sanglante. Et, parce qu'il est un Trotta, il va chercher refuge auprès de ses empereurs qui dorment leur dernier sommeil dans la Crypte des capucins, le Saint-Denis autrichien. Il va demander quelque raison d'espérer au vieux François-Joseph, qui fut paternel à ses jeunes années.

La crypte est fermée. Le capucin qu'il rencontre à la porte impose silence au trop fidèle sujet dont le loyalisme peut passer pour séditieux dans une ville où, cette nuit, l'étendard à croix gammée flotte partout : « Où aller maintenant? Où aller! Moi, un Trotta? »

Roth le savait. C'est réfugié définitivement à Paris, dans la patrie des droits de l'individu et de la tolérance, que, jusqu'à la veille de sa mort, il a travaillé de toutes ses forces, au-delà de ses forces, à secourir ceux de chez lui et à tenter d'*unir* les Autrichiens de toutes les opinions en vue de la libération de l'Autriche, dont « l'empereur », pour lui, n'était que le symbole.

BLANCHE GIDON
janvier 1940.

I

Nous nous appelons Trotta. Notre race est originaire de Sipolje, en Slovénie. Je dis bien race, et non famille, car nous ne sommes pas une famille. Sipolje n'existe plus. Depuis longtemps. Actuellement, avec quelques localités des environs, il constitue une commune d'une certaine importance. Les hommes sont incapables de rester seuls. Ils se rassemblent en groupes dépourvus de sens. Et les villages sont incapables de rester seuls. Il en résulte donc des agglomérations dépourvues de sens. Les paysans se sentent poussés vers la ville, et les villages eux-mêmes aspirent à se transformer en villes. Voilà.

J'ai fait connaissance avec Sipolje dans mon enfance. Mon père m'y emmena une fois, un certain 17 août, la veille du jour où, jusque dans le hameau le plus petit de la monarchie, on célébrait l'anniversaire de l'empereur François-Joseph.

Dans l'Autriche actuelle et dans les anciens pays de la Couronne, il ne doit plus se trouver beaucoup de gens chez lesquels le nom de notre race éveille un souvenir quelconque. Mais ce nom était consigné dans les annales disparues de l'ex-armée austro-hongroise, et j'avoue que

17

j'en suis fier, précisément pour la raison que ces annales ont disparu. Je ne suis pas fils des temps présents, il me paraît même difficile de ne pas me déclarer absolument leur ennemi. Non que je ne les comprenne pas comme il m'arrive souvent de le prétendre, mais seulement en manière de pieuse échappatoire. C'est exclusivement pour ma commodité que je me refuse à me singulariser, à prendre une attitude de haine. Je me contente donc de dire que je ne les comprends pas de choses dont je devrais dire que je les trouve odieuses ou méprisables. J'ai l'oreille fine mais j'affecte d'être dur d'oreille. Je tiens pour plus noble de simuler une infirmité que d'être obligé d'avouer que j'ai perçu des bruits vulgaires.

Le frère de mon grand-père était ce petit lieutenant d'infanterie qui, à la bataille de Solférino, sauva la vie de l'empereur François-Joseph. Il fut anobli. Dans l'armée ainsi que dans les livres de lecture de la double monarchie, on l'appela longtemps le « héros de Solférino », et cela jusqu'au jour où, conformément à son propre désir, l'ombre de l'oubli descendit sur lui. Il démissionna. Il repose au cimetière de Hietzing. Sur sa tombe on voit gravée cette épitaphe simple et digne :

Ci-gît le héros de Solférino.

L'empereur continua de répandre ses grâces sur son fils, qui devint préfet, et sur son petit-fils, le lieutenant de chasseurs tombé à la bataille de Krasné-Busk, en l'automne 1914. Moi je ne l'ai jamais vu, pas plus d'ailleurs qu'aucun de ceux qui appartenaient à la lignée anoblie de notre maison. Ces Trotta de l'aristocratie devinrent des serviteurs pieusement dévoués de François-Joseph [1]. Mon père, lui, fut un rebelle.

1. Personnages principaux de *la Marche de Radetzky.*

C'était un rebelle et un patriote que mon père. Espèce qui ne se rencontrait que dans l'ancienne monarchie. Il voulait réformer l'empire et sauver les Habsbourg. Parce qu'il comprenait trop bien la signification de la monarchie autrichienne, il se rendit suspect et fut obligé de prendre la fuite. Tout jeune encore il partit pour l'Amérique. De sa profession, il était chimiste. A cette époque-là, les fabriques de colorants, en plein développement, de New York et de Chicago réclamaient des ingénieurs. Au temps de sa pauvreté, mon père n'éprouva sans doute que la nostalgie des blés de chez lui. Mais quand il eut fini par s'enrichir, il commença à ressentir la nostalgie de l'Autriche elle-même. Il s'établit à Vienne. Il était nanti et la police autrichienne aimait les gens nantis. Non seulement mon père ne fut pas inquiété, mais il fonda même un nouveau parti slovène et acheta deux journaux de Zagreb.

Il se fit des amis influents parmi les familiers de l'archiduc héritier François-Ferdinand. Il rêvait d'un royaume slave sous la domination des Habsbourg, caressait le projet d'une monarchie des Autrichiens hongrois et slaves. Qu'il me soit permis de dire ici, moi son fils, que mon père, s'il avait vécu, aurait pu, du moins je me l'imagine, changer le cours de l'histoire. Mais il mourut six mois environ avant l'assassinat de François-Ferdinand. Je suis son unique enfant. Dans son testament, il me désigna comme l'héritier de ses idées. Ce n'est pas sans raison qu'il m'avait fait baptiser sous le nom de François-Ferdinand. Mais je n'étais alors qu'un jeune sot, pour ne pas dire une tête brûlée. Insouciant en tout cas. Je vivais au jour le jour, comme on dit. Ou plutôt non, c'est faux, vu que je ne vivais que la nuit. Le jour, je dormais.

II

Mais un matin d'avril 1914, alors que je dormais encore, n'étant rentré que depuis deux heures, on vint m'annoncer la visite d'un mien cousin. Un certain M. Trotta.

En robe d'intérieur et en pantoufles, je me rendis dans l'antichambre. Les fenêtres étaient ouvertes. Dans notre jardin les merles du matin flûtaient assidûment. Le jeune soleil inondait joyeusement la pièce. Notre bonne, que je n'avais jamais vue d'aussi bonne heure jusqu'alors, me fit l'effet d'une inconnue dans sa blouse bleue, car je ne la connaissais que sous les traits d'une jeune personne composée de blond, de noir et de blanc, une espèce de drapeau. Je l'apercevais pour la première fois dans son sarrau bleu foncé semblable à la salopette des électriciens et gaziers, un plumeau rouge à la main. Son seul aspect aurait suffi à me donner de la vie une vision toute neuve, absolument inaccoutumée. Pour la première fois depuis des années, je voyais le matin dans ma maison et je notais que le matin était beau. La servante me plaisait, et les fenêtres ouvertes, et le chant des merles. Il était doré comme le jeune soleil. Notre bonne elle-même me paraissait dorée comme le soleil. Si bien que d'abord, ébloui par tout cet or, je ne distinguai pas le visiteur qui m'attendait. Je ne m'aperçus de sa présence qu'au bout de quelques secondes, de quelques minutes peut-être. Sec, noiraud, il occupait la seule chaise de la pièce. Quand j'entrai, il ne bougea pas. Et bien que ses moustaches, ses cheveux, fussent extrêmement noirs, son teint extrêmement basané, il n'en rayonnait pas moins parmi l'or matinal de l'antichambre comme un morceau de soleil, morceau évidemment détaché d'un soleil méridional et lointain. Au premier abord, il me rappela feu mon père. Lui aussi, sec et noiraud, basané et osseux, il avait été un fils du soleil, différent en cela de nous autres blonds qui ne sommes que ses demi-fils. Je parle slovène, papa me l'a appris. Je saluai mon cousin Trotta dans sa langue. Il n'en parut pas étonné. C'était tout naturel. Il ne se leva pas. Il me tendit la main, de sa chaise, en souriant. Sous la moustache d'un noir-bleu, sa forte denture brillait blanc. Il me tutoya d'emblée. J'eus l'impression de me trouver en face d'un frère et non d'un cousin. Il tenait mon adresse du notaire. Il commença :

– Ton père m'a légué deux mille florins, je suis venu les toucher. Je viens te remercier. Je repars demain. J'ai encore une sœur. Avec cinq cents florins de dot, elle aura le plus riche cultivateur de Sipolje.

– Et le reste? demandai-je.

– Je le garde, dit-il gaiement.

Il rit. Ce fut comme si plus de soleil encore inondait l'antichambre.

– Que vas-tu faire de cet argent?

– Agrandir mon commerce, répondit-il.

Et, comme si le moment convenable aux présentations était arrivé, il se leva enfin. Ce fut d'un air hardi et sûr de lui qu'il se leva, et avec une émouvante solennité qu'il se nomma :

– Je m'appelle Joseph Branco.

Alors seulement je me rendis compte que je me tenais devant mon visiteur en robe de chambre et en pantoufles. Je le priai de m'attendre et j'allai m'habiller.

III

Il pouvait être sept heures du matin quand nous arrivâmes à la porte du café Magerl. Les premiers mitrons s'y montraient, tout blancs, fleurant les petits pains au lait, les galettes au pavot et les baguettes salées. Le premier café, frais torréfié, virginal, aromatique, embaumait comme un second matin. Joseph Branco était assis à mon côté, sec, noiraud, méridional, gai, éveillé, débordant de santé. Moi, j'avais honte de ma fadeur de blond et de ma fatigue de noctambule. Je me trouvais légèrement embarrassé aussi. Que lui dire? Mon embarras s'accrut encore quand je l'entendis déclarer : « Je ne prends pas de café le matin. J'aimerais une soupe. » Évidemment. A Sipolje, les paysans déjeunent de soupe aux pommes de terre.

Je commandai donc une soupe aux pommes de terre. La préparation prit assez longtemps. Et en attendant j'étais gêné de tremper mon croissant dans mon café. Le potage finit par arriver. Une écuelle fumante. Mon cousin Branco n'eut même pas l'air de prêter attention à la cuillère. De ses deux mains brunes, couvertes de poils noirs, il porta l'assiette à sa bouche. En avalant le potage, il semblait m'avoir oublié. Tout à son assiette fumante, que ses doigts maigres et vigoureux tenaient levée, il offrait le spectacle d'un homme dont l'appétit est un élan respectable et qui fait fi de sa cuillère parce qu'il lui paraît plus distingué de boire à même le plat. Et moi, en le voyant engloutir ainsi, je trouvai presque incompréhensible que les hommes aient pu inventer un instrument aussi ridicule que la cuillère...

22

Mon cousin posa l'assiette sur la table. Alors je remarquai qu'elle se présentait complètement vide, lisse, brillante, comme si on venait de la laver, de la récurer. Branco me dit :

– J'irai chercher l'argent cet après-midi.

Je lui demandai quel commerce il songeait à développer.

– Oh, me dit-il, un tout petit commerce, mais qui nourrit bien son homme, l'hiver.

J'appris ainsi que le printemps, l'été, l'automne, mon cousin Branco était un paysan dévoué à sa terre et, l'hiver, un marchand de marrons. Il possédait une peau de mouton, un mulet, une petite voiture, un réchaud et cinq sacs pour sa marchandise. Ainsi équipé, tous les ans, au début de l'automne, il prenait la route afin de parcourir quelques pays de l'ancienne monarchie. Mais quand un endroit déterminé lui plaisait particulièrement, il lui arrivait aussi d'y passer l'hiver tout entier, jusqu'à la venue des cigognes. Puis il attachait ses sacs vides sur le mulet et gagnait la prochaine gare. Il embarquait son matériel, rentrait chez lui, redevenait paysan.

Je lui demandai comment il pourrait agrandir un commerce de ce genre et il m'expliqua qu'il était possible d'y adjoindre toutes sortes de choses. En plus des marrons, par exemple, on pouvait vendre encore des fruits et des pommes de terre grillées. De plus le mulet avait pris de l'âge et perdu des forces, il devenait urgent d'en acheter un autre. Aussi bien avait-il déjà cent couronnes d'économies.

Il portait une veste de satin brillant, un gilet de peluche à fleurs avec des boutons en verre coloré et, lui entourant le cou, une lourde chaîne de montre en or tressé. Et moi, élevé par mon père dans l'amour des Slaves de notre empire, enclin par conséquent à prendre pour un symbole la moindre attrape folklorique, je m'épris sur-

23

le-champ de cette chaîne. Il me la fallait absolument.
Je demandai au cousin combien elle valait.

– Je ne sais pas, me dit-il, je la tiens de mon père, qui
la tenait du sien. Ces choses-là ne s'achètent pas. Mais
comme tu es mon cousin je veux bien te la vendre, à
toi.

– Combien, alors?

Mais, me souvenant des leçons de mon père, je pensais
en mon for intérieur qu'un paysan slovène avait l'âme
trop noble pour se soucier de l'argent, de la valeur de
l'argent.

Joseph Branco réfléchit longuement, puis il dit :

– Vingt-trois couronnes.

Je n'osai pas lui demander comment il avait bien pu
tomber sur ce nombre-là. Je lui en donnai vingt-cinq. Il
les compta soigneusement, ne fit pas mine de me rendre
la monnaie, tira de sa poche un grand mouchoir rouge
à carreaux bleus, y cacha l'argent. Puis il fit un double
nœud et, seulement après, il enleva sa chaîne et la mit
sur la table avec sa montre qu'il sortit de son gousset.
C'était une montre d'argent, lourde, à l'ancienne mode,
avec une petite clé pour la remonter. Mon cousin hésitait
à la détacher, il la considéra un moment tendrement,
presque affectueusement, et finit par me dire :

– Comme tu es mon cousin, si tu me donnes trois
couronnes de plus, je te cède la montre avec.

Je lui donnai une pièce de cinq couronnes. Cette fois
non plus il ne me rendit pas la monnaie. Il reprit son
mouchoir, défit lentement le double nœud, empaqueta
la nouvelle pièce avec les autres, fourra le tout dans la
poche de son pantalon et me regarda dans les yeux,
ingénument.

– Ton gilet aussi me plaît, dis-je quelques secondes
après. Je te l'achèterais volontiers.

– Comme tu es mon cousin, je te vendrai aussi le gilet.

Et, sans tarder, il se défit de sa veste, enleva son gilet, me le passa par-dessous la table.

– C'est de la bonne étoffe et les boutons sont jolis. Pour toi, ce ne sera que deux couronnes cinquante.

Je lui en donnai trois et remarquai nettement, à l'expression de ses yeux, sa déception de ne pas en toucher davantage. Il avait l'air contrarié, ne souriait plus. Mais il finit par envelopper ses pièces d'argent d'une façon aussi méticuleuse et compliquée que les précédentes.

Je possédais maintenant, à mon avis, l'essentiel de ce qui constitue un véritable Slovène. Chaîne ancienne, gilet à ramages, plus une montre qui ne marchait pas, lourde comme un caillou, munie de sa petite clé. Je n'attendis pas un instant de plus, mis immédiatement ces trois articles sur moi, réglai l'addition et envoyai chercher un fiacre. Je conduisis mon cousin à son hôtel. Il logeait Au Cor de Chasse Vert. Je le priai de m'attendre le soir. Je viendrais le chercher. Je caressais le projet de le présenter à quelques amis.

IV

Pour la forme, en matière d'alibi, et afin de tranquilliser ma mère, je m'étais inscrit à la faculté de droit. En vérité, je ne suivais pas les cours. La grande vie m'ouvrait ses perspectives. Prairie multicolore, à peine limitée par un horizon très, très éloigné. Je vivais dans la compagnie joyeuse, voire turbulente, de jeunes aristocrates, classe de la société qui, avec celle des artistes, avait mes préférences. Je partageais leur frivolité sceptique, leur mélancolie impertinente, leur laisser-aller coupable, leur air de distraction hautaine, enfin tous les symptômes d'une « décadence » dont nous ne percevions pas encore la venue. Au-dessus des verres que nous vidions gaiement, la mort invisible croisait déjà ses mains décharnées. Nous lancions des jurons joyeux, des blasphèmes étourdis, tandis que, chargé d'ans, solitaire, pour ainsi dire figé, lointain et pourtant proche de nous, partout présent dans son empire vaste et divers, vivait François-Joseph, notre vieil empereur. Peut-être, quelque part dans les replis secrets de notre âme, ces certitudes que nous appelons pressentiments sommeillaient-elles. La certitude surtout que notre vieil empereur mourait un peu avec chacun des jours qui s'ajoutait à sa vie, et que la monarchie mourait avec lui. Ce qui finissait, en effet, ce n'était pas tant notre patrie que notre empire, c'est-à-dire quelque chose de plus grand, de plus étendu, de plus élevé qu'une patrie pure et simple. Nos plaisanteries légères s'échappaient de cœurs lourds. Parce que nous nous sentions voués à la mort, tout ce qui nous apportait une confirmation de la vie nous procurait un plaisir insensé : bals, guinguettes, petites femmes, bonne chère, promenades en voiture, folies de tous genres, sottes escapades, ironie à nos propres dépens, critique déchaînée, Prater, Grande Roue, mascarades, amourettes dans les loges discrètes de l'Opéra impérial, manœuvres militaires que nous « séchions » et jusqu'à ces maladies dont l'amour nous gratifiait parfois...

On comprendra que l'arrivée inopinée de mon cousin fut la bienvenue pour moi. Pas un de mes frivoles amis ne possédait un cousin pareil, un gilet pareil, une chaîne de montre pareille, des rapports aussi étroits avec le sol originel de Sipolje, avec la terre slovène mythique, patrie de ce héros de Solférino pas encore tombé dans l'oubli bien que déjà héros de légende.

Le soir j'allai prendre mon cousin Branco à son hôtel.

Sa veste de satin brillant fit sur mes amis une impression énorme. Il bredouillait un allemand incompréhensible, riait beaucoup en exhibant ses dents blanches, se faisait tout payer, promettait à mes compagnons de leur acheter en Slovénie d'autres chaînes, d'autres gilets, et acceptait volontiers des acomptes. Car tous, ils enviaient mon gilet, ma chaîne, ma montre. Tous auraient eu plaisir à m'acheter mon cousin tout entier, ma parenté, mon cher Sipolje.

Mon cousin promit de revenir à l'automne. Nous l'accompagnâmes tous à la gare. Je lui pris un billet de seconde. Il alla au guichet et réussit à l'échanger pour une place de troisième. De son compartiment, il nous fit des signes. Et quand le train s'éloigna du quai, nous sentîmes tous notre cœur se fendre. Car nous savourions notre tristesse avec la même étourderie que notre plaisir.

V

Pendant quelques jours encore, dans notre petit cercle, on s'entretint de Joseph Branco. Puis on l'oublia, ou plutôt on le mit provisoirement au rancart. Car nos nouvelles sottises du moment demandaient à être discutées et appréciées.

Ce ne fut que vers la fin de l'été, aux environs du 20 août, que je reçus de Joseph Branco une lettre en slovène que je traduisis le soir même à mes amis. Il y décrivait la fête de l'anniversaire de l'empereur à Sipolje, et celle de l'Union des vétérans. Trop jeune réserviste pour appartenir lui-même au groupe de ces vétérans, il n'en défilait pas moins avec eux en direction de la *Waldwiese* où, tous les 18 août, ils organisaient des réjouissances populaires. Et cela pour la simple raison qu'aucun des vieux bonshommes n'était assez costaud pour transporter la grosse caisse. Ils disposaient bien de cinq cors et d'une clarinette, mais qu'est-ce qu'une musique de marche sans grosse caisse?

– Bizarre, dit le jeune Festetics, ces Slovènes! Les Hongrois les privent de leurs droits nationaux les plus vitaux, ils se défendent, ils se mutinent même à l'occasion, ils font tout au moins semblant de se révolter, mais ils célèbrent l'anniversaire de l'empereur.

– Rien n'est bizarre dans cette monarchie, répliqua le comte Chojnicki, notre doyen. Sans nos imbéciles de gouvernants (il aimait les expressions fortes), il n'y aurait là rien de bizarre, pas même en apparence. Je veux dire que cette prétendue bizarrerie est tout ce qu'il y a de plus naturel en Autriche-Hongrie. Je veux dire en même temps que les choses naturelles ne paraissent étranges qu'à cause de l'état de notre Europe détraquée par les États nationaux et les nationalismes. Évidemment, ce sont les Slovènes, les Galiciens et les Ruthènes de Pologne, les Juifs à caftan de Boryslaw, les maquignons de la Bacska, les musulmans de Sarajevo, les marchands de marrons de Mostar qui chantent l'hymne de l'empereur. Mais les étudiants de Brno et d'Eger, les dentistes, pharmaciens, garçons coiffeurs, artistes photographes de Linz, Graz, Knittelfeld, les goitreux de nos vallées alpines, eux, chantent tous la *Wacht am Rhein*. Messieurs, l'Autriche crèvera de cette fidélité de Nibelungen teutons. La quintessence de l'Autriche, on ne la découvre pas au centre de l'empire, mais à la périphérie. Ce n'est pas dans les Alpes qu'on trouve l'Autriche : on n'y trouve que des chamois, des edelweiss, des gentianes, mais on n'y devine qu'à peine la présence de l'aigle bicéphale. La substance autrichienne est sans cesse nourrie, refaite par les pays de la Couronne.

Le jeune baron Kovacs – récente noblesse militaire de Hongrie – ajusta son monocle, comme toutes les fois qu'il se croyait tenu de faire une remarque particulièrement importante. Il parlait l'allemand dur et un peu chantant de son pays, non certes par nécessité, mais par coquetterie, en manière de manifestation, et en même temps sa figure creuse, qui évoquait du pain insuffisamment levé, rougit violemment, d'une façon peu naturelle.

– De tous les peuples de la double monarchie, le plus malheureux, c'est le peuple hongrois, dit-il.

C'était sa profession de foi, une phrase consacrée. Il nous assommait tous. Il parvenait même à mettre en colère jusqu'à Chojnicki, notre doyen. Aussi sa réplique invariable ne pouvait-elle manquer, et il répéta comme d'habitude :

– Mon cher Kovacs, les Hongrois de leur côté ne se font pas faute d'opprimer les Slovaques, Roumains, Croates, Ruthènes, Bosniaques, les Souabes de la Bacska, et les Saxons de Transylvanie.

Il comptait les nationalités sur les doigts écartés de sa jolie main fine mais vigoureuse.

Kovacs mit son monocle sur la table. Les paroles de Chojnicki ne semblaient pas l'atteindre. « Je sais ce que je sais », pensait-il comme toujours. Il lui arrivait aussi de le dire.

Au reste, c'était un jeune homme inoffensif, capable parfois de bons mouvements. Moi, je le trouvais insupportable. Cependant, je m'efforçais en toute honnêteté de nourrir à son égard des sentiments amicaux. Je souffrais sincèrement de ne pouvoir le supporter et j'avais pour cela une bonne raison : j'étais amoureux de sa sœur. Elle s'appelait Élisabeth, elle avait dix-neuf ans.

Longtemps j'avais lutté contre cet amour. Non tant parce que je me sentais en danger que parce que je craignais les quolibets de mes sceptiques amis. En ce temps-là, à la veille de la grande guerre, il était de bon ton d'afficher une certaine ironie hautaine, de professer par coquetterie une soi-disant « décadence », d'affecter à demi un air de lassitude outrée et d'ennui sans cause. Je vivais dans cette atmosphère les meilleures de mes années. C'est à peine si le sentiment y trouvait place. Les passions étaient rigoureusement proscrites. Mes amis avaient de petites liaisons sans importance, femmes qu'on déposait ou qu'on se prêtait même quelquefois comme un pardessus, qu'il vous arrivait d'oublier comme un parapluie, ou d'abandonner intentionnellement derrière soi comme un paquet encombrant, sans se retourner de crainte que quelqu'un ne vous rattrapât pour vous le remettre. Dans le milieu où je fréquentais, l'amour passait pour un égarement, on considérait les fiançailles comme une espèce d'attaque d'apoplexie, et le mariage comme une maladie chronique. Nous étions jeunes. Nous envisagions la vie conjugale comme une conséquence inéluctable de l'existence, mais nous y pensions à peu près comme à l'artériosclérose qui ferait forcément son apparition dans vingt ou trente ans. J'aurais pu trouver de nombreuses occasions de rester seul avec Élisabeth, bien qu'alors il ne parût pas tout naturel qu'une jeune fille demeurât plus d'une heure en tête à tête avec un jeune homme, sans raison valable, sans raison légitime pour ainsi dire. Je ne profitais que d'un tout petit nombre de ces occasions. Ainsi que je l'ai dit, j'aurais eu honte devant mes amis de les mettre toutes à profit. Je veillais même avec soin que rien de mes sentiments n'attirât l'attention, je craignais que l'un ou l'autre de mon groupe n'en eût déjà eu vent et redoutais de m'être trahi dans telle ou telle circonstance. Quand il m'arrivait de rencontrer inopinément mes compagnons, je croyais pouvoir conclure de leur silence soudain que, tout à l'heure, avant ma venue, ils s'entretenaient de mon amour pour

Élisabeth Kovacs, et je m'assombrissais, comme pris en flagrant délit de mauvaise action, comme si l'on découvrait en moi une répréhensible faiblesse. Toutefois, dans mes moments de tête-à-tête avec Élisabeth, je croyais sentir combien les brocards de mes amis, leur scepticisme, leur arrogance de « décadents » étaient insensés, voire sacrilèges. Mais cela ne m'empêchait pas d'éprouver en même temps une espèce de remords, comme si j'avais à me reprocher de trahir leurs principes sacrés. En un certain sens, je menais donc une double vie, et j'en ressentais une gêne véritable.

A cette époque-là, Élisabeth était belle, douce, tendre, et certainement bien disposée à mon égard. Le moindre de ses actes, de ses mouvements me donnait une émotion profonde. Car il me semblait que tout geste de sa main, tout hochement de sa tête, le fait de balancer son pied, de lisser un pli de sa jupe, de relever un peu sa voilette, de porter une tasse de café à sa bouche, de retirer son gant, d'arborer à son corsage une fleur nouvelle, tout cela trahissait une entente étroite avec moi... exclusivement avec moi... Et même, de quelques signes qui, en ce temps-là, pouvaient être considérés comme appartenant à la catégorie des « avances hardies », je pouvais déduire à bon droit que la tendresse des regards d'Élisabeth pour moi, le contact en apparence involontaire, fortuit, de sa main avec la mienne, ou avec mon épaule, constituaient des promesses qui nous liaient, promesses de tendresses infinies et délicieuses dont la perspective s'ouvrirait à moi pour peu que je le voulusse, veilles de fêtes dont la venue certaine pouvait aussi peu être mise en doute que la venue des fêtes du calendrier. Sa voix avait des inflexions graves et douces. (Je ne puis souffrir les voix de femmes aiguës.) Son parler me faisait penser à un roucoulement assourdi, apprivoisé, chaste et pourtant sensuel, au murmure des sources souterraines, à ces

31

lointains roulements de train qu'il vous arrive d'entendre au cours de nuits sans sommeil, et grâce à la gravité de sa voix, le plus banal des mots, quand elle le prononçait, prenait pour moi la force riche de sens, saturée de sens, d'un langage très ancien, disparu, pas toujours exactement compréhensible mais dont on pouvait à coup sûr pressentir la signification, d'un langage qu'un jour peut-être j'avais entendu vaguement dans mes rêves.

Quand je n'étais pas auprès d'elle et que je retrouvais la compagnie de mes amis, au premier moment j'éprouvais la tentation de leur parler d'Élisabeth, et même de m'exalter à son propos. Mais à la vue de leurs visages las, flasques, railleurs, de leur manie visible, frappante, de persiflage, persiflage dont je ne craignais pas seulement d'être la victime, mais auquel je brûlais de participer au vu et au su de tout le monde, je sentais aussitôt une timidité stupide et muette me paralyser, pour retomber quelques instants après au pouvoir de cette « décadence » hautaine dont nous étions tous les fils perdus et orgueilleux.

Tel était l'état de folle dissension intérieure où je me débattais, et vraiment je ne savais auprès de qui me réfugier. Il m'arrivait parfois de songer à prendre ma mère pour confidente. Mais j'étais jeune, et parce que j'étais jeune je la tenais pour incapable de comprendre mes soucis. Les rapports que j'entretenais avec elle manquaient en effet de sincérité, de spontanéité, ils constituaient plutôt une pauvre tentative pour imiter les rapports que les jeunes gens d'alors entretenaient avec leurs mères. A leurs yeux, elles ne représentaient pas des mamans au vrai sens du mot, mais des manières de couveuses auxquelles ils devaient leur maturation et leur existence, ou encore, dans le meilleur des cas, des paysages familiers où le hasard vous a fait naître et auxquels on ne voue pas autre chose qu'un souvenir ému. Pour moi, j'ai ressenti toute ma vie, à l'égard de ma mère, une sorte de timidité sacrée et n'ai fait que refouler ce sentiment. Je ne prenais chez nous que le repas de midi. Nous nous tenions en face l'un de l'autre à la grande table de notre vaste salle à manger. La place de mon père décédé restait vide au haut bout de cette table, et tous les jours, conformément aux ordres de maman, on y mettait une assiette et un couvert pour celui qui était absent à tout jamais. On peut dire que ma mère s'asseyait à la droite du défunt, moi à sa gauche. Elle buvait du muscat doré, moi une demi-bouteille de *Voslauer*. Je ne l'aimais pas, j'aurais préféré du bourgogne. Mais ma mère en avait décidé ainsi. Jacques, notre domestique, nous servait de ses mains tremblantes de vieillard, gantées de blanc. Son épaisse chevelure était presque du même blanc. Ma mère mangeait peu, vite, mais d'un air digne. Toutes les fois que je levais les yeux sur elle, elle baissait les siens sur son assiette. Et pourtant, l'instant d'avant, j'avais senti son regard m'observer. Ah! je devinais bien qu'elle avait à me poser des questions nombreuses et qu'elle ne les refoulait que pour s'éviter la honte des mensonges de son enfant, de son fils unique. Elle pliait sa serviette soigneusement. C'était le seul moment où je pouvais contempler à loisir sa figure large, devenue légèrement spongieuse, ses bajoues molles, ses paupières lourdes et plissées. Tout en regardant ma mère plier sa serviette sur ses genoux, je songeais avec piété, mais non sans une certaine rancune, que ce nid tiède, source de ma vie, était ce qu'il y a de plus maternel dans une maman, et je m'étonnais de pouvoir observer en face d'elle un mutisme pareil, obstiné, voire endurci. Mais je m'étonnais en même temps que ma mère, elle non plus, ne trouvât pas de mots pour moi, qu'elle ressentît devant son grand fils, son fils trop vite grandi, la même gêne que j'éprouvais moi-même devant la femme

vieillie, trop vite vieillie, à laquelle je devais le jour.
Comme j'aurais aimé causer avec elle de mes dissensions
intimes, de ma vie double, d'Élisabeth et de mes amis!
Cependant il était visible qu'elle se refuserait à entendre
parler de ce qu'elle soupçonnait, afin de n'être pas obligée
de désapprouver tout haut ce qu'elle méprisait tout bas.
Peut-être aussi avait-elle fini par s'accommoder de la loi
cruelle qui force les fils à oublier bientôt leur origine, à
considérer leur mère comme une vieille dame, à ne plus
se souvenir du sein qui les a nourris. Loi constante qui
oblige aussi la mère à voir le fruit de ses entrailles croître
de plus en plus, lui devenir de plus en plus étranger, à
le constater d'abord avec douleur, puis avec amertume,
enfin avec résignation. Je sentais que ma mère causait
peu avec moi parce qu'elle ne voulait pas me laisser dire
des choses dont elle aurait dû me tenir rigueur. Et si
j'avais eu la liberté de lui parler d'Élisabeth et de mon
amour, il est probable que j'aurais en quelque sorte
déshonoré Élisabeth, ma mère et moi-même. Parfois je
me sentais sur le point de l'entretenir de ma passion.
Mais je pensais à mes amis, je pensais aussi à leurs
rapports avec leurs mères. J'avais le sentiment puéril de
me trahir moi-même en me confiant à la mienne. Comme
si cacher quelque chose à sa mère ce n'était pas trahir
en même temps et soi-même et sa mère. Quand mes
amis me parlaient de leurs mères, j'éprouvais une triple
honte, j'avais honte pour eux, pour maman et pour moi.
Ils parlaient d'elles à peu près comme de « liaisons »
rompues, comme de maîtresses trop tôt vieillies, pis
encore, comme si ces fils trouvaient leurs mères indignes
d'eux.

Donc, c'étaient mes compagnons qui m'empêchaient
d'obéir à la voix de la nature et de la raison et d'exprimer
librement mes sentiments pour mon Élisabeth chérie,
ainsi que mon amour filial.

Toutefois, nous devions avoir bientôt la preuve que ces péchés, que mes amis et moi accumulions sur nos têtes, n'avaient rien de personnel, mais n'étaient que de légers symptômes, précurseurs d'un anéantissement déjà en voie de réalisation et dont je parlerai bientôt.

VI

Avant ce grand anéantissement, il devait m'être donné de rencontrer le Juif Manès Reisiger, duquel il sera encore question plus loin.

Il était originaire de Galicie, de Zlotogrod dont je fis la connaissance un peu plus tard et que je puis donc décrire dès maintenant. Cette localité me paraît importante pour la raison qu'elle n'existe plus, tout comme Sipolje. Elle a été détruite pendant la guerre. Jadis c'était une petite ville, toute petite en vérité, mais néanmoins une ville. Aujourd'hui ce n'est plus qu'une vaste prairie. L'été, le trèfle y pousse, le cri-cri des grillons jaillit de l'herbe haute, les vers de terre y prospèrent, annelés et gras, et les alouettes foncent sur eux pour les avaler.

Manès Reisiger fit son apparition chez moi, un jour d'octobre, à une heure aussi matinale que son ami Joseph Branco, quelques mois auparavant. Et il venait sur la recommandation de mon cousin. « Monsieur, dit Jacques, un Juif voudrait parler à Monsieur. » Je connaissais alors un certain nombre de Juifs, de Vienne évidemment. Je n'éprouvais aucune haine pour eux, et cela précisément parce qu'en ce temps-là l'antisémitisme positif de la noblesse et des milieux où je fréquentais était devenu une mode chez les concierges, les petits bourgeois, les

ramoneurs, les tapissiers. Changement absolument ana-
logue à celui des modes, qui avait pour effet d'amener
la fille du concierge d'hôtel de ville à planter sur son
chapeau des dimanches la même pleureuse qu'une Traut-
mannsdorf ou une Szechenyi y arborait trois ans auparavant. Or, de même qu'une Szechenyi ne pouvait plus
porter aujourd'hui la pleureuse dont la fille garnissait
son chapeau, de même la bonne société dont je faisais
partie ne pouvait plus mépriser un Juif, pour la simple
raison que mon portier s'en chargeait.

J'allai dans notre antichambre, préparé à voir l'un de
ces israélites connus de moi et dont la profession semblait
avoir imprégné, voire modelé, l'aspect physique. Je
connaissais des changeurs, des colporteurs, des fripiers,
des pianistes de bordel. Mais en entrant dans l'antichambre, j'aperçus un homme qui non seulement ne
correspondait nullement à l'idée habituelle que je me
faisais d'un Juif, mais qui aurait été à même de la
détruire absolument. La chose en question était noire et
colossale à faire peur. On n'aurait pas pu dire de la
barbe, lisse, aile-de-corbeau, qu'il portait entière, qu'elle
encadrait le visage basané, dur, osseux, non la figure
semblait sortir du collier de barbe, en naître, comme s'il
avait existé avant elle, et attendu pendant des années de
pouvoir encadrer un visage de son poil dru. L'individu
était vigoureux et grand. Il tenait à la main une casquette
de reps à visière et portait sur la tête une petite calotte
ronde, en velours, comme celles qu'ont parfois les ecclé-
siastiques. Il se tenait debout, contre la porte, fort et
sombre, comme une puissance de poids, ses poings rouges
et fermés sortant comme deux marteaux des manches
noires du caftan. Du bord de cuir intérieur de sa casquette de reps, il tira une étroite bande de papier plié,
lettre en slovène de mon cousin Joseph Branco. Je le
priai de s'asseoir. Mais il refusa timidement, d'un geste

des mains, et son refus me parut d'autant plus timide que chacune des mains qui l'esquissaient eût été en état de réduire en miettes ma personne, la fenêtre, le guéridon de marbre, le portemanteau, et tout ce qui se trouvait dans l'antichambre. Je lus le billet. Il m'apprit que l'homme debout devant moi était Manès Reisiger, de Zlotogrod, cocher de son métier, ami de mon cousin Joseph Branco qui, au cours de son voyage circulaire annuel à travers les pays de la Couronne où il vendait ses marrons, recevait bénévolement du porteur de la missive le vivre et le couvert, et qu'au nom de notre parenté et de notre amitié, le devoir m'incombait de venir en aide à Manès Reisiger, en tout ce qu'il désirerait de moi.

Qu'est-ce donc qu'il désirait, ce Manès Reisiger de Zlotogrod ?

Tout simplement une place gratuite au conservatoire pour son fils Éphraïm qui montrait des dons extraordinaires pour la musique. Ce fils n'était pas destiné à devenir cocher de fiacre ni à moisir à la frontière orientale de la monarchie. De l'avis de son père, Éphraïm était un musicien de génie.

Je promis tout ce qu'il voulut et entrepris de me rendre chez le comte Chojnicki qui, de tous mes amis, se trouvait être premièrement le seul Galicien, et deuxièmement le seul capable de briser la résistance antique, traditionnelle, efficace, de la vieille bureaucratie autrichienne, au moyen de la menace, de la violence, de la malice, de la ruse, armes d'un monde civilisé depuis longtemps disparu. De *notre* monde précisément.

Le soir, je rencontrai le comte Chojnicki au café Wimmerl, notre local habituel.

Je savais bien qu'on ne pouvait lui procurer plaisir

plus vif que de lui demander d'obtenir des faveurs pour
l'un de ses compatriotes. C'est qu'il était dépourvu non
seulement de profession mais encore d'occupations. Lui,
qui aurait pu faire une carrière dite brillante dans
l'armée, l'administration, la diplomatie, et qui avait tout
refusé par mépris des imbéciles, lourdauds, étourneaux,
de tous ceux qui menaient l'État et qu'il traitait volontiers de *Knödelhirne* [1], il éprouvait un plaisir aigu à faire
sentir à des conseillers auliques cette sienne puissance
que lui conférait justement une dignité d'origine non
officielle. Et lui qui se montrait si prévenant envers les
garçons de café, cochers, portefaix, facteurs, qui ne
manquait jamais de se découvrir pour demander un
renseignement quelconque à un agent ou à un commis-
sionnaire, avait une physionomie absolument métamorphosée quand il entreprenait, en faveur de l'un de ses
protégés, des démarches au Ballhausplatz, à la Statt-
halterei, au ministère des Cultes et de l'Instruction
publique. Un orgueil de glace recouvrait ses traits comme
une visière transparente. Alors qu'en bas, devant le
concierge en livrée, il avait encore en quelque sorte un
air condescendant, voire bienveillant parfois, sa résistance aux fonctionnaires augmentait visiblement à chaque
marche qu'il montait, et quand il atteignait le dernier
étage il donnait l'impression d'un homme venu en ces
lieux pour citer des accusés devant un tribunal terrible.
On le connaissait déjà bien dans certains bureaux. Et
quand, s'adressant à l'huissier, dans le corridor, il lui
disait d'une voix dangereusement basse : « Annoncez-moi
à M. le Conseiller aulique », on ne s'informait que rarement de son nom. Mais si on le lui demandait malgré
tout, il répétait, plus bas encore si possible : « Annoncez-

1. Mot intraduisible. Quelque chose comme cervelle en quenelles,
en boulettes. Cerveau ramolli.

moi immédiatement, s'il vous plaît. » Évidemment, le
« s'il vous plaît » était prononcé sur un ton déjà plus
élevé.

En outre, Chojnicki aimait la musique, et par conséquent il me paraissait indiqué d'avoir recours à sa protection en faveur du jeune Reisiger. Il me promit aussitôt
de tout mettre en œuvre dès le lendemain. Sa complaisance fut si prompte à se manifester que je commençai
à ressentir des inquiétudes de conscience et que je lui
demandai si, avant d'intervenir, il ne désirait pas entendre
un échantillon du talent de ce jeune Reisiger. Ma
remarque eut le don de le mettre hors de lui. Il me
déclara :

– Vous connaissez peut-être vos Slovènes, mais moi je
connais mes Juifs de Galicie. Le père s'appelle Manès,
il est cocher de fiacre, comme vous venez de me le dire.
Le fils s'appelle Éphraïm. Cela me suffit parfaitement.
Je suis tout à fait persuadé du talent de ce jeune homme.
Je sais ces choses-là grâce à mon sixième sens. Mes Juifs
de Galicie ont tous les talents. Il y a dix ans, je ne les
aimais pas encore. Mais à présent ils me sont chers
parce que ces *Knödelhirne* ont commencé à donner dans
l'antisémitisme. Il faut seulement que je me renseigne
sur les messieurs qui occupent les bureaux intéressés,
pour savoir lesquels sont antisémites. Car je veux les
faire enrager avec mon petit Éphraïm et j'irai les voir
en compagnie du père. J'espère qu'il a l'air bien juif ?

– Il porte un caftan mi-long, dis-je.

– Parfait, s'écria le comte Chojnicki, voilà mon homme.
Je ne suis pas patriote, vous savez, mais j'aime les gens
de mon pays. Un État complet, une patrie, c'est quelque
chose d'abstrait. Mais un compatriote, c'est quelque
chose de concret. Je ne puis pas aimer la totalité des
champs de blé et de froment, toutes les forêts de sapins,
tous les marais, tous les messieurs et dames de Pologne,

mais un champ déterminé, un boqueteau, un marais, un homme déterminé, à la bonne heure! Cela je le vois, je le touche, ça parle une langue qui m'est familière, ça – et justement parce que individualisé – représente pour moi le *summum* de l'intimité. Au reste, il existe aussi des gens que j'appelle mes concitoyens même s'ils sont nés en Chine, en Perse, en Afrique. Il y en a avec lesquels je me sens en familiarité à première vue. Un « compatriote » véritable, ça vous tombe pour ainsi dire du ciel, comme un signe de la grâce divine. Et si, par-dessus le marché, il se trouve avoir vu le jour sur mon propre sol, alors tant mieux! Mais ce dernier détail ne relève que du hasard, tandis que le premier relève du destin!

Il brandit son verre en s'écriant :

– A la santé de mes concitoyens! A mes concitoyens de toutes les contrées de la terre!

Deux jours après, je lui amenai le cocher de fiacre à l'hôtel Kremser. Manès Reisiger resta assis sur le bord extrême du fauteuil, immobile, colossal et noiraud. On aurait dit qu'il ne s'était pas assis de lui-même, mais que quelqu'un l'avait posé là, par hasard, sur le bord de son siège, et qu'il n'était pas en état d'occuper de sa propre initiative la place tout entière. A part les deux phrases qu'il répétait sans relâche et hors de propos : « Je prie bien ces messieurs » et « Je remercie bien ces messieurs », il ne disait mot et ne paraissait pas comprendre grand-chose. C'était Chojnicki qui racontait à Manès, cocher de Zlotogrod, ce que l'on voyait à Zlotogrod, car il connaissait le moindre coin de la Galicie.

– Alors, fit-il, demain, à onze heures, nous irons arranger l'affaire.

– Je remercie bien ces messieurs, dit Manès.

D'une main, il balança sa casquette de reps et de

l'autre il ôta sa calotte. Il se courba encore une fois sur le seuil de la porte tenue ouverte à son intention par le concierge, auquel il adressa un sourire de gratitude et de satisfaction.

En fait, quelques semaines plus tard, Éphraïm Reisiger se trouvait casé au conservatoire. Il s'en vint remercier son bienfaiteur. Je me trouvais, moi aussi, à l'hôtel de Chojnicki. Le garçon avait l'air presque sombre et, tout en exprimant sa reconnaissance, il faisait l'effet d'une personne qui présente une réclamation. Il parlait polonais, grâce à mon slovène je comprenais un mot sur trois, mais d'après les mines et les regards du comte, je voyais bien que l'attitude de reproche, voire arrogante, du jeune homme était de son goût.

– Ça, c'est quelque chose! me dit-il après le départ d'Éphraïm. Chez nous, les gens ne vous disent pas merci mais plutôt le contraire. Car ils ont leur fierté, les Juifs de Galicie, mes Juifs de Galicie! Ils vivent dans la conviction que toutes les bonnes places leur reviennent de droit, voilà. C'est avec la même impassibilité hautaine qu'ils acceptent les faveurs, les passe-droits, et qu'ils encaissent les coups de pierre et les insultes. Tous les autres se révoltent quand on les injurie et s'aplatissent quand on leur fait du bien. Mes Juifs polonais ne se montrent touchés ni par les bons offices ni par les insultes. Ce sont des aristocrates à leur façon. Car ce qui caractérise les aristocrates, c'est avant tout l'indifférence. Et nulle part je n'en ai rencontré plus que chez mes Juifs polonais.

Il disait « *mes* Juifs polonais » du même ton dont il me disait souvent *mes* terres, *mes* Van Gogh, *ma* collection d'instruments de musique. Il me semblait nettement que, s'il prisait tant les Juifs, cela tenait en partie

41

au fait qu'il les considérait comme sa propriété. Tout se présentait non comme si ces Juifs avaient vu le jour en Galicie de par la volonté de Dieu mais comme si le comte en avait passé commande personnellement au Tout-Puissant, comme il commandait d'ordinaire ses tapis d'Orient chez le fameux Politzer, ses perroquets chez Scapini, l'oiseleur italien, et des instruments rares et anciens chez le luthier Grossauer. De plus, il apportait dans ses relations avec les Juifs ce même soin, ces mêmes précautions délicates dont il usait à l'égard de ses tapis, oiseaux, instruments de musique, à tel point qu'il jugea tout naturellement de son devoir d'écrire au père de son arrogant protégé, au brave cocher de Zlotogrod, afin de le féliciter de l'admission de son fils au conservatoire. Chojnicki craignait en effet que Manès ne prît les devants en lui envoyant une lettre de remerciement.

Mais loin d'écrire des lettres de remerciement, et parfaitement incapable de mesurer la faveur d'un sort qui les avait amenés, lui et son rejeton, au voisinage du comte Chojnicki et au mien, inclinant plutôt à croire que, vu le talent hors ligne de son fils, un conservatoire viennois devait être trop heureux de l'héberger, Manès Reisiger vint me voir deux jours après et me parla ainsi :

– Quand quelqu'un est capable en ce monde, il arrive à quelque chose. Je le disais toujours à Éphraïm et ça s'est réalisé. C'est mon fils unique. Il joue admirablement du violon. Vous devriez lui demander de vous jouer un morceau. Mais il a sa fierté. Savoir s'il voudra !

Le cocher s'exprimait comme si c'était moi qui lui devais de la reconnaissance à lui, Manès Reisiger, pour avoir eu l'insigne faveur de faire entrer son fils au conservatoire. Il ajouta :

– Rien ne me retient plus à Vienne. Je compte repartir demain.

– Vous devez d'abord une visite de remerciement au
comte Chojnicki, lui dis-je.

– Quel chic type, que ce Monsieur le Comte! déclara
Manès, en connaisseur. J'irai lui faire mes adieux. Est-
ce qu'il a déjà entendu mon Éphraïm?

– Non, il faudrait l'en prier.

Le train du cocher de fiacre partait à onze heures du
soir. Vers les huit heures, je vis Manès arriver chez moi
et il me demanda, m'ordonna plutôt, de le conduire à
l'hôtel du comte.

Soit. Je l'y conduisis. Chojnicki manifesta de la reconnaissance, presque du ravissement, de l'émotion. Il
s'écria :

– Merveilleux qu'il vienne me voir! Ne vous l'ai-je pas
dit tout de suite? Voilà comme ils sont, nos Juifs!

Finalement, ce fut lui qui remercia Manès de lui avoir
fourni l'occasion de conserver un génie au monde. On
eût cru à l'entendre que, depuis dix ou vingt ans, il ne
faisait qu'attendre le fils de Manès Reisiger, et qu'un
sien désir, soigneusement entretenu et caressé de longue
date, venait enfin de se réaliser. En témoignage de
reconnaissance, le comte alla même jusqu'à offrir au
cocher de fiacre l'argent de son voyage de retour. Celui-
ci refusa mais nous invita tous les deux à venir le voir.
Il avait une maison, nous dit-il, trois pièces, une cuisine,
une écurie pour son cheval et un jardin où il garait sa
voiture et son traîneau. Oh! il n'était pas un cocher
misérable. Il gagnait jusqu'à cinquante couronnes par
mois. Et si nous venions chez lui, nous serions traités
comme des princes. Il saurait s'arranger pour que nous
ne manquions de rien.

Il n'omit pas non plus de nous rappeler, au comte et
à moi, qu'il était absolument de notre devoir de nous

occuper d'Éphraïm. « Un génie comme ça, faut veiller dessus ! » nous dit-il en prenant congé de nous.

Chojnicki promit, et aussi que nous irions certainement à Zlotogrod l'été prochain.

VII

Il me faut parler ici d'une chose importante et que j'avais espéré pouvoir passer sous silence quand j'ai commencé d'écrire ce livre. Il ne s'agit en effet de rien moins que de la religion.

Comme mes amis, tous mes amis, je n'avais pas la foi. Jamais je n'allais à la messe. Pourtant j'avais coutume d'accompagner ma mère jusqu'à la porte de l'église. Non qu'elle fût plus croyante que moi, mais elle était pratiquante, comme on dit vulgairement. J'éprouvais à cette époque-là une véritable haine de l'Église. En vérité, maintenant que je crois, je ne sais plus pourquoi je la haïssais. Affaire de mode probablement.

J'aurais eu honte de me trouver dans l'obligation de dire à mes compagnons que j'avais été à l'église. Non parce qu'ils nourrissaient une hostilité véritable contre la religion, mais une espèce d'orgueil les empêchait de rendre justice à la tradition dans laquelle ils avaient grandi. A la vérité, ils ne voulaient pas renoncer à l'essentiel de cette tradition, seulement – et moi tout comme eux – nous nous insurgions contre ses formes. Car nous ignorions que la forme se confond avec l'essence des choses et qu'il est enfantin de vouloir les dissocier. Enfantin, oui, mais nous n'étions que des enfants. La mort croisait déjà ses mains décharnées au-dessus des verres que nous vidions, joyeux et puérils, mais nous ne sentions pas la présence de la mort. Nous ne la sentions pas parce que nous ne sentions pas non plus celle de Dieu. Seul de nous tous, le comte Chojnicki demeurait attaché aux formes de la religion, non qu'il y crût lui non plus, mais parce que sa noblesse l'obligeait à en suivre les préceptes. Il nous considérait, nous qui en faisions fi, comme des sortes d'anarchistes. Il avait coutume de déclarer : « L'Église catholique romaine est seule capable d'imposer encore son empreinte à ce monde pourri, de le maintenir en forme, de lui faire l'aumône d'une forme, pourrait-on dire. En emprisonnant dans son dogmatisme, comme dans un palais de glace, ce qu'il y a de constant dans les traditions anciennes, elle gagne pour elle-même et donne à ses enfants la liberté de pratiquer, hors des portes de ce palais pourvu encore d'un parvis vaste et spacieux, toutes les choses permises et même, à l'occasion, les choses défendues. En décrétant : ceci est péché, elle pardonne d'ores et déjà le péché. Elle ne conçoit pas l'homme sans péché, et c'est ce qu'il y a en elle d'éminemment humain. Elle élève à la dignité de saints ses enfants sans reproche. Ainsi, elle permet implicitement à la créature de n'être pas sans défauts. Elle va jusqu'à autoriser le péché, dans la mesure où elle ne considère plus comme des êtres simplement humains ceux qui ne pèchent point. Elle en fait des bienheureux ou des saints. Voilà comment l'Église catholique romaine manifeste sa tendance généreuse au pardon, à la rémission. Il n'est pas de tendance plus noble que celle du pardon. Réfléchissez bien qu'il n'en existe pas de plus vulgaire que celle de la vengeance. La noblesse va toujours de pair avec la générosité, l'esprit de vengeance avec la grossièreté. »

Le comte Chojnicki était notre aîné à tous et le plus généreux de nous tous. Mais nous étions, nous autres, trop jeunes et trop fous pour rendre à sa supériorité l'hommage qu'elle méritait incontestablement. Nous l'écoutions parler avec plus de plaisir que de conviction, et nous nous imaginions par-dessus le marché qu'en l'écoutant nous faisions preuve d'amabilité envers lui. Nous autres, la soi-disant jeunesse, nous considérions le comte comme un ancêtre. Plus tard seulement, pendant la guerre, il nous fut donné de voir à quel point il était vraiment plus jeune que nous.

Mais ce ne fut que plus tard, bien trop tard, que nous nous aperçûmes que nous n'étions pas vraiment plus jeunes que lui, mais dépourvus d'âge, tout simplement. De naturel et d'âge, pour ainsi dire. Lui, en revanche, il était naturel, digne de ses ans, sincère, béni de Dieu.

VIII

Quelques mois plus tard, je reçus de Manès Reisiger la lettre que voici :

> Cher Monsieur,
> Après le grand honneur que vous m'avez fait et le grand service que vous m'avez rendu, je me permets de vous informer respectueusement que je vous suis bien, bien reconnaissant. Mon fils m'écrit qu'il fait des progrès au conservatoire, et c'est à vous que je suis redevable de tout son génie. Aussi je vous remercie de tout mon cœur. Je profite de l'occasion pour vous demander si vous n'auriez pas la grande bonté de venir jusqu'ici pour nous voir. Votre cousin Trotta, le marchand de marrons, loge toujours chez moi, c'est-à-dire tous les automnes, depuis dix ans. Je me suis dit qu'il vous serait agréable, à vous aussi, d'habiter chez moi. Ma maisonnette est pauvre, mais il y a de la place.

Ne soyez pas fâché de mon invitation, je vous en prie, cher Monsieur. Je suis si petit et vous si grand. Veuillez aussi m'excuser si je vous fais écrire cette lettre. C'est que je ne sais pas écrire moi-même, sauf signer mon nom. Cette lettre vous est écrite à ma demande par Hirsch Kiniower, l'écrivain public assermenté d'ici, donc par un homme de confiance, comme il faut, par un personnage officiel.

J'ai l'honneur d'être, cher Monsieur, votre tout dévoué serviteur.

MANÈS REISIGER,
Cocher de fiacre à Zlotogrod.

Toute la lettre était soigneusement calligraphiée, « comme imprimée » disait-on alors de ce genre d'écriture. Seule la signature, le nom, trahissait la gaucherie touchante de la main du cocher. La vue de cette signature aurait suffi à me décider et à me faire fixer mon voyage à Zlotogrod au début de l'automne. Nous étions tous insouciants à l'époque, moi comme les autres. Avant la grande guerre, nous menions une existence idyllique, et un voyage en Galicie prenait des airs d'aventure. Être le héros de cette aventure me paraissait à moi-même une occasion superbe de me poser superbement aux yeux de mes amis. Et bien que ce voyage aventureux fût encore très éloigné, bien que je dusse le faire tout seul, nous en parlions chaque soir, comme si une seule semaine me séparait de Zlotogrod, et comme si le voyage ne devait pas être entrepris seulement par moi mais par notre groupe au grand complet. Ce déplacement devenait peu à peu pour nous quelque chose comme une passion, nous en étions comme possédés. Et nous commençâmes à nous figurer Zlotogrod sous un jour tout à fait arbitraire, si arbitraire qu'en le décrivant, et bien que fermement convaincus que nous en brossions un tableau des plus fantaisistes, nous ne pouvions cependant renoncer à embellir un endroit qu'aucun de nous ne connaissait

47

et à le doter de toutes sortes de qualités dont nous savions *a priori* qu'elles étaient le produit gratuit de notre imagination, mais en aucune façon les qualités intrinsèques de la petite ville.

C'était une époque si gaie! La mort, il est vrai, croisait déjà ses mains décharnées au-dessus des verres que nous vidions, mais nous ne voyions pas la mort, nous ne voyions pas ses mains. Nous parlions de Zlotogrod, longuement et si intensément que je me sentais envahi d'une peur subite. La peur que Zlotogrod ne disparût tout à coup ou que mes amis ne finissent par croire que cette bourgade était devenue irréelle, qu'elle n'existait pas le moins du monde, et que je leur en avais conté! Soudain l'impatience s'empara de moi avec la nostalgie de Zlotogrod et de Manès Reisiger, le cocher de fiacre.

Je me mis donc en chemin au cœur de l'été 1914, après avoir écrit au cousin Trotta, de Sipolje, que je l'attendais là-bas.

IX

Je partis donc pour Zlotogrod en plein été 1914. Je descendis à l'hôtel de l'Ours d'Or. Le seul de la ville dont on m'eût dit qu'il convenait à un « Européen ».

La gare était toute petite comme celle de Sipolje dont j'avais gardé un souvenir scrupuleux. Elles se ressemblaient toutes, les gares de l'ancienne monarchie austro-hongroise. Minuscules stations de petites villes provinciales, jaunes et infimes, semblables à des chats indolents étendus l'hiver dans la neige et l'été au soleil, pour ainsi dire protégées par le traditionnel toit en verre du quai, et surveillées par l'aigle bicéphale, noir sur fond jaune.

Partout, à Sipolje comme à Zlotogrod, on voyait le même employé, au ventre imposant, en pacifique uniforme bleu foncé, avec, en travers de la poitrine, un baudrier de cuir noir où était passé la clochette, mère de la triple sonnerie réglementaire et délicieuse qui annonçait le départ du train. A Zlotogrod aussi, comme à Sipolje, on voyait suspendu sur le quai, au-dessus de la porte donnant accès au bureau du chef de gare, cet instrument de fer noir d'où jaillissait étrangement le timbre d'argent et comme lointain d'un lointain téléphone. Signaux délicats et charmants, issus de mondes différents du nôtre, si bien que l'on s'étonnait qu'ils vinssent chercher refuge dans un abri si pesant malgré sa petite taille. A la gare de Zlotogrod comme dans celle de Sipolje, l'employé saluait les arrivants et les partants, et son salut était une espèce de bénédiction militaire. Dans la gare de Zlotogrod comme dans celle de Sipolje, on trouvait la même salle d'attente de première et deuxième classe, le même buffet avec les mêmes bouteilles de toutes les couleurs, avec la même caissière blonde à la poitrine généreuse et, à droite et à gauche du comptoir, les deux mêmes palmiers énormes qui évoquaient tout autant l'idée d'un monde préhistorique que celle du carton. Et sur la place de la gare de Zlotogrod, trois fiacres stationnaient, exactement comme à Sipolje. Et je reconnus sur-le-champ le très reconnaissable Manès Reisiger, cocher de fiacre.

Naturellement, ce fut lui qui me conduisit à l'Ours d'Or. Il avait une belle voiture attelée de deux chevaux gris argent. Les rayons des roues, caoutchoutées comme celles que Manès avait vues à Vienne, étaient revêtus de vernis jaune.

En route, il me confia que s'il avait remis son fiacre à neuf ce n'était pas tant en mon honneur et dans l'attente de mon arrivée que par une espèce d'instinct passionné, qui l'avait poussé à examiner de très près ses collègues de Vienne et à sacrifier ses économies au dieu du progrès, en achetant deux chevaux gris argent et en munissant ses roues de pneus.

Une bonne distance séparait la gare de la ville, et Manès Reisiger eut tout le temps de me raconter les histoires qui le touchaient de si près. Ce faisant, il tenait les guides de la main gauche. A sa droite le fouet restait fiché dans sa gaine. Les chevaux connaissaient bien la route. Manès n'avait pas besoin de se soucier d'eux le moins du monde. Donc négligemment assis sur le siège, les rênes pendant mollement dans sa main gauche, il penchait le buste de mon côté en me parlant de ses affaires. Les deux bêtes ensemble ne lui avaient coûté que cent vingt-cinq couronnes. C'étaient des chevaux de la remonte, chacun d'eux avait perdu l'œil gauche et, devenus impropres à l'usage militaire, ils lui avaient été cédés pour une bouchée de pain par les dragons en garnison à Zlotogrod. Bien sûr, lui, Manès Reisiger, n'aurait jamais pu les acheter aussi facilement s'il n'avait pas été dans les petits papiers du colonel du 9e dragons. Zlotogrod disposait de cinq fiacres en tout et pour tout. Les quatre autres cochers, collègues de Reisiger, ne possédaient que des voitures malpropres, de vieilles juments paresseuses et percluses, des roues voilées, des sièges de cuir effrangés. La freluche ébouriffée sortait de ce cuir éventré et râpé, et l'on ne pouvait vraiment pas demander à quelqu'un de bien, pas à un colonel surtout, de monter dans des guimbardes pareilles.

Chojnicki m'avait remis une recommandation pour le commandant de la garnison, le colonel Földès, ainsi que pour le préfet, le baron Grappik. J'avais l'intention de faire mes deux visites dès le lendemain de mon arrivée. Le cocher retomba dans le silence, il n'avait plus rien à me dire, tous les événements intéressants de sa vie se trouvaient déjà épuisés. Pourtant, il continuait de laisser son fouet planté dans la gaine et les rênes flotter mollement, en gardant le buste incliné de mon côté, du haut de son siège. Le sourire perpétuel de sa bouche large à forte denture blanche, entre le noir de nuit, le noir presque bleu de sa moustache et de sa barbe, faisait vaguement songer à la lueur laiteuse de la lune entre des bois, des bois agréables à la vue. Il y avait tant de gaieté, de bonté, dans ce sourire qu'il effaçait même la forte impression produite par le paysage étranger, plat, mélancolique, où je passais. Car de vastes champs sur ma droite, de vastes marais sur ma gauche s'étendaient le long du chemin menant de la gare à la ville, comme si la petite cité restait, pour ainsi dire volontairement, par pudeur, loin du chemin de fer qui la reliait au reste du monde. C'était un après-midi pluvieux et de fin d'été, ainsi que je l'ai dit. Sur ses roues caoutchoutées, le fiacre de Manès roulait sans bruit, comme une voiture fantôme, en suivant la route non pavée, détrempée, mais les sabots lourds des anciens chevaux de la remonte claquaient sur un rythme énergique dans la boue grise, en soulevant devant nous de grosses mottes de terre.

La nuit tombait quand nous arrivâmes aux premières maisons. Sur la place, en face de l'église, on voyait se dresser, annoncée de loin par une lanterne solitaire et morne, la seule maison à deux étages de Zlotogrod, l'hôtel de l'Ours d'Or. La lueur solitaire évoquait l'idée d'une petite orpheline qui essaie vainement de sourire à travers ses larmes.

Cependant, bien que je me fusse préparé à voir tant de choses singulières et même étrangères et lointaines, je me sentais en familiarité avec la plupart d'entre elles. Ce ne fut que bien plus tard, longtemps après cette grande guerre qu'on nomme « guerre mondiale » (avec raison à mon avis, non parce qu'elle a été faite par le monde entier mais parce qu'elle nous a tous frustrés

d'un monde, du monde qui précisément était le nôtre),
ce ne fut donc que bien plus tard, dis-je, que je devais
me rendre compte que tout ici-bas, y compris les paysages, les champs, les nations, les races, les maisons et
cafés, d'espèce et d'origine les plus différentes, se soumet
obligatoirement aux lois absolument naturelles d'un puissant esprit capable de rapprocher les choses éloignées,
de créer une parenté entre les choses étrangères et d'unir
ce qui nous paraît avoir tendance à se séparer. Je veux
parler ici de l'esprit de l'ancienne monarchie, esprit
incompris, dont on a trop souvent abusé, mais grâce
auquel je ne me sentais pas plus déraciné à Zlotogrod
qu'à Sipolje, qu'à Vienne. D'aspect, le seul café de
Zlotogrod, le café Habsbourg, sis à l'entresol de cet hôtel
de l'Ours d'Or où j'étais descendu, ne différait pas du
café Wimmerl, de la Josephstadt où je retrouvais habituellement mes amis dans l'après-midi. Là aussi, une
caissière trônait, l'air familier, derrière le comptoir.
Blonde et de formes généreuses comme seules pouvaient
l'être les caissières de mon temps. Une espèce d'honnête
déesse du vice. Pécheresse qui s'offrait elle-même mais
sans insistance, sensuelle, pernicieuse, avec, en même
temps, le regard inquisiteur et sans cesse aux aguets de
la bonne commerçante. J'avais déjà vu la même exactement à Zagreb, Olmütz, Brno, Kesckemet, Szomba-
thély, Oldenburg, Sternberg, Müglitz. Les jeux d'échecs,
les dominos, les murs enfumés, les becs de gaz, la table
de cuisine dans son encoignure, non loin des lavabos, la
servante en tablier bleu, le gendarme du lieu, en casque
mastic, qui faisait sa brève apparition, l'air aussi autoritaire qu'embarrassé, et qui appuyait presque timidement son fusil, baïonnette au canon, contre le porte-
parapluies, les joueurs de tarots, avec leurs favoris à la
François-Joseph et leurs manchettes rondes, qui se réunissaient là tous les jours, ponctuellement, à la même

heure, tout cela c'était « mon pays », quelque chose de plus fort qu'une patrie pure et simple, quelque chose de vaste et de divers, mais néanmoins de familier : mon pays. Le baron Grappik, préfet, et Földès, colonel du 9e dragons, s'exprimaient tous les deux dans le même allemand nasillard des hauts fonctionnaires, langue à la fois rude et douce comme si elle avait eu pour fondateurs et pour pères des Slaves et des Italiens, langue empreinte d'une ironie discrète mais qui inclinait toujours à se prêter aux propos inoffensifs, au badinage, à une légère folie. Au bout d'une semaine à peine, je me sentais aussi bien acclimaté à Zlotogrod que je l'étais à Sipolje, à Müglitz, à Brno et au café Wimmerl, notre local de la Josephstadt.

Naturellement, je faisais ma promenade quotidienne dans le fiacre de mon ami Manès Reisiger. En réalité, le pays était pauvre mais sous des dehors aimables et insouciants. Les vastes marais improductifs eux-mêmes me semblaient pleins de sève et de bonhomie, et le chœur des grenouilles retentissait à mon oreille comme un cantique de louange, chanté par des créatures vivantes, mieux instruites que moi des raisons pour lesquelles Dieu les avait créées elles-mêmes ainsi que le marais, leur sol natal.

Souvent, la nuit, j'entendais les cris rauques et fréquemment interrompus de vols d'oies sauvages qui passaient très haut dans le ciel. Mais les marronniers imposants et vénérables commençaient à se dépouiller déjà de leurs feuilles dures, dorées et joliment dentelées. Les canards cancanaient au beau milieu des rues où des flaques d'eau irrégulières interrompaient la monotonie d'une boue argentée qui ne séchait jamais.

Le soir, je dînais habituellement avec les officiers du 9e dragons, ou plus exactement je partageais leurs libations. Au-dessus des verres où nous buvions ensemble, la mort croisait déjà ses mains décharnées. Nous ne la pressentions pas encore. Parfois, nous restions longtemps réunis. Il se faisait tard. Dans l'angoisse inexplicable de la nuit, nous attendions la venue du matin.

Je dis que cette angoisse était inexplicable, précisément parce que alors elle nous paraissait inexplicable. Nous en cherchions l'explication dans le fait que nous étions trop jeunes pour négliger nos nuits. Cependant, et je ne l'ai compris que plus tard, nous avions surtout peur des jours, ou plus exactement du matin, le moment le plus clair de la journée. Celui où l'on voit les choses nettement, où l'on est vu nettement aussi. Et nous ne voulions ni voir ni être vus nettement.

Le matin donc, tout autant pour échapper à cette netteté qu'au sommeil lourd que je connaissais si bien et qui, après une nuit blanche, passée à boire, tombe sur l'homme tout comme un faux ami, morose et doucereux, ou un perfide bienfaiteur, je me réfugiais chez Manès, le cocher de fiacre. J'arrivais sur les six heures, au moment où il venait tout juste de se lever. Il demeurait en dehors de la petite ville, près du cimetière. Il me fallait environ une demi-heure pour arriver chez lui. Quelquefois, je le surprenais au saut du lit. Des champs, des prés, qui ne lui appartenaient pas, entouraient sa maisonnette solitaire, crépie de bleu, sous son toit à bardeaux gris-noir, demeure non sans analogie avec une créature humaine, et qui ne semblait pas immobile mais mouvante. Le bleu des murs ressortait vigoureusement parmi le vert jaunissant de l'ambiance. Quand je poussais le portail rouge sombre qui donnait accès à l'habitation de Manès, je voyais parfois le cocher descendre la marche du seuil. Il s'arrêtait devant la porte brune de son logis, en chemise grossière, en caleçon grossier, tête nue, pieds nus, un grand cruchon de terre à la main. Il en prenait une gorgée, puis sa bouche crachait l'eau bien loin en traçant un arc considérable, après quoi il recommençait. Avec sa barbe noire et touffue, face au soleil levant, dans sa toile rude, sous ses cheveux noirs et laineux, il évoquait des idées de forêt vierge, d'homme primitif, de temps préhistoriques, sans qu'on sût bien pourquoi. Il retirait sa chemise et se lavait à la fontaine en s'ébrouant à grand fracas, expectorant, glapissant, presque avec des cris de joie. C'était vraiment comme une incursion tonitruante du passé dans le présent. Puis il remettait sa grosse chemise et nous allions au-devant l'un de l'autre pour nous dire bonjour. Notre salut, aussi solennel qu'affectueux, représentait une espèce de cérémonial et, bien que nous nous voyions tous les matins, c'était comme une assurance tacite du fait que moi je ne le tenais pas exclusivement pour un cocher juif et que lui ne me tenait pas tout uniment pour un jeune Viennois influent. Quelquefois, il me demandait de lui lire les rares lettres que son fils lui écrivait du conservatoire. Elles étaient tout à fait brèves, mais comme Manès ne comprenait pas vite la langue allemande dans laquelle Éphraïm se faisait un devoir de lui écrire – Dieu sait pour quelle raison –, comme son cœur tendre de père devait souhaiter que les billets ne fussent pas trop courts, il veillait à ce que ma lecture fût très lente. Il me demandait souvent aussi de répéter deux ou trois fois la même phrase.

Aussitôt que Manès posait le pied dans la cour, la volaille commençait à glousser dans le poulailler. Les chevaux saluaient la venue du matin et du cocher avec des hennissements presque voluptueux. Il ouvrait d'abord l'écurie et les deux têtes de ses deux bêtes sortaient en même temps par la porte. Il les embrassait comme on embrasse des femmes. Puis il allait dans la remise pour en tirer son fiacre. Ensuite il attelait. Enfin il donnait la liberté aux poulets qui s'égaillaient dans la cour en caquetant et en battant des ailes, comme semés par une main invisible.

Je connaissais aussi la femme de Manès Reisiger. Habituellement, elle se levait à peu près une demi-heure plus tard que lui et m'invitait à entrer prendre le thé. Je le buvais dans la cuisine aux murs badigeonnés en bleu, devant le grand samovar de métal blanc, tandis que Manès mangeait du raifort, du pain frotté d'oignon et du concombre. Il se répandait une odeur forte mais familière, presque familiale pour moi, bien que je n'eusse jamais pratiqué ce genre de petit déjeuner. C'est que j'aimais tout en ce temps-là. J'étais jeune. Jeune tout simplement.

J'allais même jusqu'à aimer l'épouse de Manès, bien qu'elle fût de celles qu'on traite en général de laiderons. Rouquine, tachée de son, elle ressemblait à un pain au lait gonflé dans l'eau. Pourtant, malgré ses doigts boudinés, elle avait une façon appétissante de verser le thé et de préparer le déjeuner de son mari. Elle lui avait donné trois enfants. Deux étaient morts de la petite vérole. Il lui arrivait de parler des petits disparus comme s'ils vivaient toujours. Elle ne semblait pas faire de différence entre ceux qui gisaient dans la tombe et celui qui, parti pour le conservatoire de Vienne, devait être pour elle exactement comme mort, puisque sorti de son horizon.

Mais s'il existait pour elle quelqu'un de bien vivant et de toujours présent, c'était mon cousin, le marchand de marrons. Sur ce point-là, je me livrais à toutes sortes de suppositions.

Et il devait arriver dans huit jours, mon cousin Joseph Branco Trotta.

X

Une semaine plus tard, il arrivait en effet.

Il arriva avec son mulet, son sac de cuir, ses marrons. Visiblement, me retrouver ici lui parut tout naturel. La véritable saison des marrons était loin d'avoir commencé. Mon cousin s'en venait plusieurs semaines d'avance en mon honneur. Sur le trajet de la gare à la ville, il occupa le siège du cocher, à côté de notre ami Manès Reisiger. Quant au mulet, ils l'avaient attaché par un licou à l'arrière de la voiture. Le sac de cuir, le fourneau, les marrons étaient bouclés des deux côtés du fiacre. C'est ainsi que nous fîmes notre entrée dans Zlotogrod mais sans y susciter le moindre étonnement. La petite ville avait l'habitude de voir mon cousin, Joseph Branco, surgir ainsi tous les deux ans. Et l'on semblait également s'être accoutumé à moi, l'étranger égaré dans ces lointains parages. Notre entrée dans la petite ville ne fit donc pas du tout sensation.

Comme de coutume, mon cousin descendit chez Manès Reisiger. Se souvenant des bonnes affaires qu'il avait faites l'été précédent avec sa montre et sa chaîne, il apportait à mon intention quelques babioles folkloriques, telles qu'un cendrier en argent repoussé où l'on pouvait voir, en plus de deux poignards croisés, un saint Nicodème évidemment sans le moindre rapport avec ces armes, une timbale de cuivre qui me parut sentir la levure, un coucou de bois peinturluré. Tout cela, Joseph Branco s'en était chargé dans l'intention de m'en faire cadeau, pour le cas où je serais à même de lui rembourser « ses frais de transport ». Et je compris ce qu'il entendait par « frais de transport ». Dès le soir de son arrivée, je lui achetai cendrier, timbale et coucou. Il fut aux anges.

Pour passer le temps, comme il le prétextait, mais aussi afin de profiter de toutes les occasions qui pourraient lui rapporter quelque argent, mon cousin essayait de temps en temps de persuader son ami que lui, Joseph Branco, était un cocher émérite, meilleur que Manès lui-même et plus capable de trouver des clients. Mais Manès ne se laissait pas prendre aux propos de ce genre. De bon matin il continuait d'atteler lui-même ses chevaux à sa voiture et de se rendre, sans se soucier de Joseph Branco, à la gare ou sur la place du marché où stationnaient ses copains, les autres cochers de fiacre.

Il faisait un bel été, ensoleillé. Zlotogrod n'était pas la petite ville classique et ressemblait plus à un village déguisé qu'à une cité véritable, on y respirait la fraîche haleine de la nature, les bois, les marais et les collines qui l'entouraient serraient de si près la place du marché qu'on eût pu croire que bois, marais, collines, pourraient descendre en ville d'un jour à l'autre, aussi naturellement qu'un voyageur venant de la gare descendait à l'hôtel de l'Ours d'Or. Néanmoins, et malgré tout cela, mes amis, les fonctionnaires de la préfecture comme ces messieurs du 9e dragons, paraissaient considérer Zlotogrod comme une ville véritable. Car ils voulaient croire à tout prix qu'ils ne moisissaient pas en exil dans un endroit perdu, et le seul fait que Zlotogrod disposât d'une gare leur donnait la certitude de ne pas vivre à l'écart de cette civilisation dans laquelle ils avaient grandi et dont ils étaient les enfants gâtés. Voilà pourquoi ils se comportaient comme s'il leur fallait absolument fuir plusieurs fois par semaine l'atmosphère pour ainsi dire irrespirable d'une grande agglomération, et se faire transporter en fiacre vers ces bois, marais et collines qui, en vérité, s'en venaient au-devant d'eux. Car Zlotogrod n'était pas seulement envahi par la nature mais encore assiégé par ses environs. Plusieurs fois par semaine donc, il m'arrivait de me rendre avec mes amis dans la soi-disant banlieue de Zlotogrod. On appelait ça « faire des excursions » On s'arrêtait souvent chez Jadlowker au café de la frontière. Immobile, à demi paralysé, tel un patriarche juif à la barbe d'argent, le vieux Jadlowker se tenait assis devant le large portail à deux vantaux, fortement voûté et peint en vert pré, de sa maison. Il faisait songer à un hiver avide de goûter les derniers beaux jours d'automne, et qui aurait désiré les emporter dans cette éternité, si proche de lui, où il n'y a plus de saisons du tout. Il n'entendait rien, ne saisissait pas une seule parole, il était sourd comme un pot. Mais ses grands yeux noirs et tristes me révélaient qu'il voyait en quelque sorte ce que de plus jeunes que lui ne peuvent percevoir qu'avec leurs oreilles et qu'il était pour ainsi dire sourd volontairement, avec délice. Les fils de la vierge flottaient doucement, tendrement, au-dessus de sa tête. Les rayons d'argent, tièdes et déjà obliques du soleil, éclairaient le vieillard assis face à l'ouest, face au couchant, donc face aux signes terrestres de la mort, comme s'il attendait que cette éternité à laquelle il était voué prochainement vînt le prendre pour lui éviter d'aller à sa rencontre. Les grillons lançaient leur sempiternel cri-cri. Les grenouilles coassaient inlassablement. Une vaste paix régnait en ce monde. La paix âpre d'une fin d'été.

C'était le moment où mon cousin Branco, fidèle à une ancienne tradition des marchands de marrons de la monarchie austro-hongroise, avait coutume de dresser son étal sur la place de Zlotogrod.

Deux jours encore, l'odeur acidulée et chaude des pommes cuites se répandit dans la ville...

Le jeudi, la pluie se mit à tomber. Le lendemain, le vendredi par conséquent, le message était déjà affiché à tous les coins des rues.

La proclamation émanait de notre vieil empereur François-Joseph. Elle débutait par ces mots : « A mes peuples! »

XI

J'étais sous-lieutenant de réserve. J'avais quitté mon bataillon, le 21ᵉ chasseurs, depuis deux ans tout juste, à un moment où la guerre, me semblait-il, serait venue pour moi à point nommé. Au moment où elle venait en réalité, je reconnus – et je crois que mes amis le reconnurent aussi soudainement que moi – qu'une mort, fût-elle insensée, vaut mieux qu'une existence insensée. Assurément, je craignais la mort. Je ne voulais pas être tué. Je voulais seulement me fournir à moi-même la preuve de la possibilité de ma mort.

Mon cousin Joseph Branco et son ami Manès Reisiger, le cocher de fiacre, appartenaient tous les deux à la réserve. Ils devaient aussi rejoindre leur corps. Le soir du jour où l'on afficha le manifeste de l'empereur, j'allai, comme d'habitude, dîner au mess des officiers de dragons. Leur appétit, leur gaieté coutumière, leur folle indifférence à l'égard de l'ordre qu'ils avaient reçu de se rendre à Radziwill, localité située au nord-est, à la frontière russe, me parurent incompréhensibles. J'étais seul à distinguer déjà, sur leurs visages candides, joyeux, sans émotion en tout cas, les signes précurseurs de la fin. On aurait dit qu'ils éprouvaient cette sorte d'euphorie dont la grâce – messagère du trépas – échoit si souvent aux agonisants. Et bien qu'ils fussent encore attablés, sains et dispos, à boire de l'eau-de-vie et de la bière, et bien que je fisse mine de prendre part à leurs folles facéties, j'avais l'impression d'être un médecin ou un infirmier qui, assistant aux derniers moments de son malade, se félicite que le patient ne se doute pas de sa mort prochaine. Pourtant, à la longue, je finis par me sentir mal à l'aise, comme il doit arriver à certains médecins ou infirmiers quand, en présence de la mort et de l'euphorie du mourant, ils se demandent s'il ne vaudrait pas mieux révéler au condamné que son heure est venue, au lieu de se féliciter de le voir partir sans pressentiment.

Ces réflexions me firent quitter brusquement messieurs les officiers du 9e dragons et prendre le chemin de la maison du cocher, où l'on sait que logeait mon cousin Joseph Branco.

Qu'ils étaient différents tous les deux, et que leur vue me fit du bien après ma soirée au mess du 9e dragons! Peut-être les bougies rituelles y furent-elles pour quelque chose. Allumées dans la pièce peinte en bleu, elles semblaient, en se consumant, approcher de leur fin avec joie, ou tout au moins avec confiance et résignation. Elles étaient au nombre de trois, ces bougies, fichées dans le goulot de bouteilles à bière, car Manès était trop pauvre pour se payer seulement des chandeliers de cuivre. Déjà il n'en restait plus que de petits bouts et ils me paraissaient symboliser cette fin du monde dont je savais que la réalisation commençait. La nappe était blanche, les bouteilles de ce vert foncé dont le seul aspect suffit à annoncer, d'une façon insolente et plébéienne, la vulgarité d'un contenu pourtant agréable à boire, et les restes des lumignons jaune d'or. Leur flamme vacillait. Ils

61

projetaient sur la table des lueurs instables et sur les murs bleus des ombres mouvantes. Le cocher occupait la place d'honneur, il ne portait plus sa casaque en peau de mouton, sa ceinture de cuir et sa casquette de reps, mais une longue veste d'alpaga et, sur la tête, une calotte en peluche noire. Mon cousin Branco avait gardé sa vareuse ordinaire de cuir crasseux et, par égard pour son hôte juif, il s'était coiffé de son petit feutre tyrolien vert. Quelque part un grillon lançait son cri-cri strident.

Le cocher prit la parole :

– A présent, il nous faut faire nos adieux.

Puis, autrement clairvoyant que mes camarades du 9e dragons, bien que plein d'indifférence, j'oserais même dire embelli par cette indifférence comme se trouve ennobli par la mort tout être prêt à la recevoir et qui en est digne, il poursuivit :

– Ce sera une grande guerre, une longue guerre. On ne peut pas savoir qui de nous trois en reviendra. Me voici assis pour la dernière fois à côté de ma femme, à la table du vendredi soir, devant les bougies du sabbat. Mes amis, toi Joseph Branco et vous monsieur, séparons-nous dignement.

Et afin de procéder dignement à nos adieux, nous décidâmes d'aller tous les trois chez Jadlowker, au café de la frontière.

XII

Le café de Jadlowker restait constamment ouvert. Jour et nuit. C'était le rendez-vous des déserteurs russes. Ces soldats du tsar que les paroles persuasives, les ruses et les menaces des agents des lignes de navigation améri-

caines incitaient à quitter l'armée et à s'embarquer pour
le Canada. Évidemment il n'en manquait pas non plus
qui désertaient de leur propre chef. Eux ou leurs parents
employaient même pour payer les agents jusqu'aux derniers kopeks de leurs économies. L'auberge frontalière
de Jadlowker passait pour un établissement mal famé.
Mais, comme tous les établissements mal famés de cette
région, elle jouissait de la faveur toute particulière de
la police autrichienne et se trouvait ainsi placée autant
sous la protection des autorités que sous leur surveillance
soupçonneuse.

Au moment où nous y arrivions, après une demi-heure
de marche muette et accablée, la grande porte à deux
battants couleur de rouille était déjà fermée, et la lanterne accrochée devant déjà éteinte. Il fallut frapper.
Onufrij, le domestique, vint nous ouvrir. Je connaissais
l'auberge de Jadlowker pour y être déjà venu plusieurs
fois. Je connaissais le vacarme qui y régnait d'habitude,
cette espèce de bruit tout spécial causé par des hommes
devenus soudain apatrides, par des désespérés, par tous
ces individus qui n'ont plus de présent mais qui sont sur
le chemin menant du passé à l'avenir, d'un passé familier
à un avenir extrêmement incertain. Individus semblables
à des passagers qui viennent de quitter la terre ferme et
qui sont en train de gagner un navire étranger sur une
passerelle branlante.

Mais aujourd'hui le silence régnait dans l'auberge. Un
silence sinistre. Le petit Kapturak lui-même, l'un des
agents les plus actifs et les plus bruyants, qui dissimulait
d'ordinaire derrière une volubilité inquiétante et affairée
tout ce que sa nature taciturne et son métier l'obligeaient
à tenir secret, le petit Kapturak lui-même se terrait
aujourd'hui dans un coin, sur le banc du poêle, tout
petit, plus petit que nature, d'apparence doublement
insignifiante, ombre silencieuse de lui-même. Pas plus

tard que la veille, il faisait encore passer la frontière à une fournée ou plutôt, pour employer le terme technique et consacré, à une « cargaison » de déserteurs. Et maintenant les murs portaient le manifeste de l'empereur. C'était la guerre. La puissante agence de navigation elle-même s'avérait impuissante, le tonnerre tout-puissant de l'histoire universelle imposait silence au mince Kapturak, et son éclair le réduisait au rôle d'ombre. Apathiques, le regard fixe, les déserteurs, ses victimes, restaient affalés devant leurs verres vidés seulement à moitié. Avant cette soirée, toutes les fois que je venais au café Jadlowker, c'était avec le plaisir singulier d'un jeune étourdi, qui voit dans les manifestations de l'étourderie des autres – fût-ce de ceux qui lui sont le plus étrangers – la confirmation légitime de sa propre inconscience, que je considérais l'insouciance des nouveaux « apatrides » vidant et commandant alertement verre sur verre. Le patron lui-même, Jadlowker, siégeait derrière son comptoir, tel un messager de malheur. Non celui qui annonce la calamité mais celui qui l'accompagne. A le voir, on eût dit qu'il n'aurait pas eu la moindre envie de renouveler les consommations, même si on lui en avait commandé. A quoi bon? Demain, après-demain, les Russes pouvaient être chez lui. Le pauvre Jadlowker qui, huit jours plus tôt, se tenait encore là si majestueusement, avec sa barbiche blanche, tel le bourgmestre des cabaretiers, couvert et assuré tout autant par la protection des autorités que par leur méfiance honorable, ressemblait maintenant à un homme condamné à liquider tout son passé, à une victime de l'histoire mondiale. Et la caissière lourde et blonde, assise au comptoir, à côté de lui, venait également de se voir signifier son congé pour une date rapprochée, par l'histoire mondiale. Toutes les affaires privées se trouvaient subitement englobées dans le domaine des affaires publiques. Les affaires privées représentaient, symbolisaient les affaires publiques. Voilà pourquoi nos adieux furent si brefs, si ratés. Nous ne bûmes que trois verres d'hydromel en mangeant silencieusement des pois salés. Tout à coup, Joseph Branco déclara :

– Je ne vais pas à Sarajevo. Je me présente à Zloczow, en même temps que Manès!

– Bravo, m'écriai-je!

Et je savais que, moi aussi, j'aurais bien voulu imiter mon cousin.

Mais je pensais à Élisabeth.

XIII

Je pensais à Élisabeth. Depuis que j'avais lu le manifeste de l'empereur, deux idées seulement occupaient mon esprit : celle de la mort et celle d'Élisabeth. J'ignore encore aujourd'hui laquelle des deux était la plus forte.

En face de la mort, toutes les craintes folles que m'inspiraient les moqueries folles de mes amis s'évanouissaient, oubliées. Pour la première fois de ma vie, je me sentais du courage, le courage d'avouer ma soi-disant « faiblesse ». Je soupçonnais que la morgue frivole de mes compagnons viennois céderait nécessairement au sombre éclat de la mort, et qu'à l'heure des adieux, de tels adieux, il ne pourrait plus y avoir place pour leur persiflage.

Moi aussi, j'aurais pu me présenter à la Kommandantur complémentaire de Zloczow dont dépendait Manès Reisiger et où mon cousin Joseph Branco allait se rendre. J'aurais sincèrement voulu oublier Élisabeth, mes amis de Vienne, ma mère et me mettre le plus tôt possible à la disposition de l'autorité militaire de Zloczow. Car je me sentais attaché à mon cousin et à son ami par un lien solide. De même que parfois, dans une maladie grave, on voit surgir tout à coup des idées et des points de vue clairs qui, malgré l'angoisse, le pressentiment lancinant de la souffrance, vous font éprouver la satisfaction orgueilleuse de « savoir » enfin, le bonheur d'être instruit par la douleur, et la félicité de connaître d'avance le prix du savoir, de même la perspective d'une mort prochaine rendait mes sentiments plus sincères, les épurait pour ainsi dire. On se sent très heureux dans la maladie. Et, à ce moment-là, je me sentais très heureux à cause de la grande maladie qui s'annonçait ici-bas. Je me trouvais en quelque sorte autorisé à laisser libre cours à tous les rêves fiévreux que je refoulais d'ordinaire. J'étais affranchi en même temps qu'exposé au danger.

J'avais déjà conscience que mon cousin Joseph Branco et son ami Manès Reisiger étaient plus près de mon cœur que tous mes compagnons de naguère, à l'exception du comte Chojnicki. On se faisait alors de la guerre une conception très simpliste et assez facile. Moi, en tout cas, j'appartenais à cette catégorie de gens, relativement nombreux, qui s'imaginaient que nous allions rejoindre nos garnisons au pas cadencé, voire en formations serrées, et que nous resterions, sinon côte à côte, du moins assez près les uns des autres pour pouvoir communiquer entre nous. Je me figurais que je ne quitterais pas le voisinage de mon cousin et de son ami, et je le souhaitais vivement.

Mais il n'y avait pas de temps à perdre. D'une façon générale, ce qui causait notre anxiété, voire notre angoisse en ces jours-là, c'était le manque de temps. Plus le temps de jouir du petit délai que la vie nous accordait. Plus le temps même d'attendre la mort. A vrai dire, nous ne savions même plus si nous avions la nostalgie de la mort ou si nous désirions la vie. En tout cas, pour moi et mes pareils, les heures que nous vivions étaient des moments d'extrême tension, des moments où le trépas ne nous apparaissait pas comme un précipice où l'on s'abîme quelque jour, mais comme la rive d'en face que l'on essaie d'atteindre d'un bond. Et l'on sait combien sont longues les minutes qui précèdent le saut vers l'autre rive.

Il va de soi que je rentrai d'abord chez moi, chez ma mère. Visiblement elle ne s'attendait plus qu'à peine à me revoir encore, mais elle feignit de m'avoir attendu. C'est là l'un des secrets des mamans. Elles ne renoncent jamais à l'idée de revoir leurs enfants. Pas plus ceux qu'on tient pour morts que ceux qui le sont réellement. Et s'il était possible qu'un enfant ressuscitât sous les yeux de sa mère, elle le prendrait dans ses bras tout naturellement, non pas comme revenant de l'autre monde mais d'un pays perdu de ce monde-ci. Une maman espère toujours le retour de son fils, peu importe qu'il soit parti pour une contrée lointaine, ou proche, ou pour l'au-delà.

Ce fut donc ainsi que ma mère m'accueillit, comme j'arrivais sur les dix heures du matin. Elle se tenait comme d'habitude dans son fauteuil, vis-à-vis de son petit déjeuner tout juste terminé, un journal devant la figure et les verres ovales à monture d'acier de ses lunettes à l'ancienne mode devant les yeux. Au moment où j'entrais, elle les retira mais en abaissant à peine le journal.

– *Küss die Hand* [1], lui dis-je.

Je m'approchai d'elle et lui enlevai le papier de la main. Je tombai littéralement sur ses genoux. Elle m'embrassa sur la bouche, les yeux, le front.

– C'est la guerre, me répondit-elle, comme si elle m'apprenait une nouvelle ou comme si, pour elle, la

1. Je vous baise la main. Salut autrichien habituel.

guerre ne se déclarait qu'à l'instant où j'entrais pour lui faire mes adieux.

Je répétai :

– C'est la guerre, maman, et je suis venu prendre congé de toi... et aussi, ajoutai-je un instant après, pour me marier avec Élisabeth avant de partir pour le front.

– A quoi bon te marier, puisque aussi bien tu pars pour la guerre ?

Elle s'exprimait comme s'exprime une mère. S'il fallait laisser son fils – son unique enfant – aller à la mort, elle voulait au moins être seule à le lui livrer. Elle n'entendait partager avec aucune autre femme ni la possession de son enfant ni sa perte.

Elle devait se douter depuis longtemps déjà de mon amour pour Élisabeth, qu'elle connaissait bien. Depuis longtemps déjà, elle devait craindre de perdre son fils unique, de le perdre au profit d'une autre femme, ce qui lui paraissait pis encore que de le perdre au profit de la mort.

– Mon fils, me dit-elle, tu es capable de décider toi-même de ton sort, et tu en as seul le droit. Tu veux te marier avant de partir pour le front, je comprends ça. Je ne suis pas un homme, je n'ai jamais vu la guerre, à peine si je connais les choses militaires. Mais je sais que la guerre est atroce et que, peut-être, elle te prendra la vie. En ce moment, il m'est permis de te dire la vérité : je ne peux pas souffrir Élisabeth. En d'autres temps non plus je ne t'aurais pas empêché de l'épouser, mais je ne t'aurais jamais confessé mes sentiments. Marie-toi donc, sois heureux si les circonstances te le permettent, et n'en parlons plus. Parlons d'autre chose. Quand rejoins-tu ? Où ?

Pour la première fois de ma vie, je me sentais embarrassé devant maman. Et même tout petit garçon. Je ne sus lui répondre que par ces misérables mots, qui aujourd'hui encore tintent à mes oreilles comme une profanation :

– Je reviens bientôt, maman.

– Je t'attends pour déjeuner, mon garçon, dit-elle comme s'il ne se passait rien d'autre au monde.

Puis, ainsi qu'elle le faisait toujours d'habitude, elle ajouta :

– Nous avons des escalopes et des *Zwetschkenknödel* [1].

Cette irruption soudaine de *Zwetschkenknödel* pacifiques dans mes préparatifs pour la mort m'apparut comme une manifestation merveilleuse de maternité. Je fus tellement ému que je faillis me mettre à genoux. Mais j'étais trop jeune pour que mon émotion ne me fît pas honte. Et je sais depuis ce moment-là qu'il faut avoir atteint la maturité complète ou posséder au moins une grande expérience pour montrer ses sentiments sans en être empêché par la fausse honte.

Je baisai la main de ma mère comme d'habitude. Sa main. Jamais je ne l'oublierai. Elle était délicate, fine, veinée de bleu. A travers les rideaux grenat de la pièce, la lumière du matin pénétrait tendrement, adoucie, comme une visiteuse muette, portant pour ainsi dire un déguisement de cérémonie. Cette lueur rutilante colorait aussi la main pâle de maman, l'enveloppait d'une espèce de rougeur pudique. Main bénie dans un gant transparent de soleil tamisé. Et le gazouillis atténué, automnal déjà, des oiseaux de notre jardin, me semblait à la fois presque aussi intime et aussi étranger que la main de maman, familière sous son voile rouge.

Mais je me contentai de dire :

– Je n'ai pas de temps à perdre, et je m'en allai trouver le père de mon Élisabeth chérie.

_____
1. Beignets aux quetsches.

XIV

Le père de mon Élisabeth chérie était un chapelier bien connu à l'époque, on pourrait même dire un chapelier célèbre. Conseiller impérial ordinaire, on l'avait vu se transformer en baron hongrois extraordinaire. Les mœurs proprement bouffonnes de la monarchie exigeaient parfois la transformation de conseillers de commerce, de provenance autrichienne, en Hongrois baronisés.

La guerre arrivait à point nommé pour mon futur beau-père. Trop vieux déjà pour être mobilisé, il était encore assez jeune pour que le chapelier sérieux pût se métamorphoser en un fabricant express de ces képis militaires qui rapportent bien plus et coûtent bien moins que les huit-reflets.

Il était midi, à l'hôtel de ville les douze coups retentissaient comme j'arrivais chez lui. Il rentrait tout juste d'une visite au ministère de la Guerre, visite qui s'était bien passée pour lui. Il avait obtenu la commande d'un demi-million de képis. Ainsi, me dit-il, lui, pauvre homme sur le déclin, démonétisé, pourrait encore servir sa patrie. Tout en parlant de cette façon, il ne cessait pas de peigner à deux mains ses favoris d'un blond grisâtre, comme s'il désirait en quelque sorte caresser les deux moitiés de la monarchie, la cisléithane aussi bien que la transléithane. Il était grand, fort, pesant. Il me faisait penser à une espèce de portefaix rayonnant qui vient d'assumer la charge de fabriquer un demi-million de képis et que le fardeau allège plutôt qu'il ne l'accable.

– Vous êtes mobilisé, naturellement, me dit-il d'une

voix terriblement enjouée, je crois pouvoir présumer que vous allez manquer à ma fille.

Je sentis en cet instant qu'il allait m'être impossible de lui demander la main d'Élisabeth. Alors, avec cette précipitation dont on use pour essayer de rendre possible l'impossible, avec la hâte imposée par la menace de plus en plus pressante d'une mort qui m'obligeait à goûter jusqu'à épuisement mon misérable reste de vie, je déclarai impoliment, impatiemment au fabricant de chapeaux :

– Il faut que je voie votre fille. Et tout de suite encore.

– Jeune ami, me répondit-il, je sais que vous allez lui demander sa main. Je sais qu'Élisabeth ne dira pas non. En attendant, prenez donc la mienne et considérez-vous comme mon fils.

Ce disant, il me tendait une grosse patte molle, excessivement blanche. Je la pris. J'eus l'impression de toucher une sorte de pâte désespérante. Ce fut une poignée de main inconsistante et sans chaleur. Elle taxait de mensonge le nom de fils qu'il venait de me donner. Elle en était la rétractation.

Élisabeth arriva, et mon beau-père m'évita toute parole :

– M. Trotta part pour le front, dit-il comme s'il annonçait : « Il part pour la Riviera. » Et auparavant il voudrait bien t'épouser.

Il s'exprimait du même ton dont tout à l'heure, au ministère de la Guerre, il devait s'entretenir de képis militaires avec le capitaine d'habillement. Mais Élisabeth était là. Son sourire était là, il la précédait de son rayonnement, il accourait à ma rencontre. Lumière issue d'elle, lumière éternelle en apparence, se renouvelant sans cesse d'elle-même, bonheur radieux et qui, bien que muet, semblait émettre un son argentin.

Pour la première fois, nous échangeâmes un baiser

ardent, impudique, malgré l'attention du père, peut-être même avec la conscience délicieusement sacrilège de sentir à côté de nous un témoin de notre abandon confiant. Je me livrais. J'étais pressé, déjà talonné par la mort. Déjà je me sentais plus l'enfant de la mort que celui de ce fabricant de chapeaux. Il me fallait courir bien vite jusqu'à la Landstrasse retrouver mes camarades du 21e. Passer sans transition de l'amour à l'armée, de l'amour à la mort. Tous les deux se partageaient mon cœur avec une force égale. Je hélai un fiacre, roulai vers la caserne.

J'y trouvai quelques amis et camarades dont certains, comme moi, sortaient directement des bras de l'amour.

XV

Ils sortaient des bras de l'amour et il leur semblait qu'ils venaient de remplir le devoir le plus important du guerrier. Les mariages étaient décidés. Tous, ils avaient quelque jeune fille à épouser, même s'il ne s'agissait que d'une mésalliance, d'une fiancée de hasard, comme il nous en tombait souvent en ces temps-là de régions inconnues, telles des lucioles fugitives, faciles, dévouées, entrées un soir par la fenêtre ouverte de notre chambre et qui avaient voltigé vers notre table, notre cheminée, notre lit, cadeaux veloutés offerts par la nuit brève et généreuse de la belle saison. Tous, si la paix avait continué, nous nous serions certainement montrés récalcitrants à une union légitime. Seuls, alors, les princes héritiers devaient obligatoirement contracter mariage conformément à la loi. Dès la trentaine, nos pères faisaient souvent des chefs de familles nombreuses, et de très dignes maîtres de maison. Mais en nous, génération destinée à la guerre depuis la naissance, l'instinct de la procréation semblait éteint. La mort ne croisait pas seulement ses mains décharnées au-dessus des verres où nous buvions, mais encore au-dessus des lits où nous passions nos nuits avec des femmes. Et voilà pourquoi nos compagnes étaient de hasard. Nous ne tenions même pas au plaisir de choisir l'objet qui nous dispensait le plaisir.

Mais à présent que la guerre nous appelait soudain aux bureaux de la place, ce n'était pas l'idée de la mort qu'elle faisait naître tout d'abord en nous, mais l'idée de l'honneur et du péril, son frère. Le sentiment de l'honneur, lui aussi, est un anesthésique, en nous il anesthésiait la peur et tous les pressentiments fâcheux. Quand des moribonds rédigent leur testament et mettent en ordre leurs affaires de ce monde, ils sentent peut-être un frisson leur passer le long du dos. Mais nous, n'est-ce pas, nous étions en pleine jeunesse, en pleine santé. Nous ne frissonnions pas réellement, la seule chose qui nous plaisait, qui nous flattait, c'était de provoquer le frisson chez ceux qui ne partaient pas. Par vanité nous rédigions des testaments, par pure vanité nous nous faisions unir en toute hâte, et même avec une hâte qui excluait *a priori* toute réflexion et tout regret. Le mariage nous conférait plus de noblesse encore que notre sacrifice sanglant. Il nous présentait sous un jour moins périlleux et moins haïssable cette mort dont nous avions peur, mais que nous n'en préférions pas moins à une union pour la vie. Nous nous coupions en quelque sorte toute retraite. Et le premier élan inoubliable, fougueux, avec lequel nous nous jetâmes dans les batailles malheureuses du début, fut dû sans doute à l'horreur d'être repris par la « vie domestique », par des meubles que la goutte guette, des femmes qui perdent leurs charmes, des enfants qui viennent au monde adorables comme des angelots et qui, en grandissant, se transforment en créatures étrangères et odieuses. Nous ne voulions pas de tout cela, non. Le danger, d'une manière ou d'une autre, était inévitable. Alors, pour l'adoucir un peu, nous contractions mariage. Ainsi nous nous armions pour affronter le danger, comme une patrie encore inconnue mais qui déjà nous appelait avec des gestes engageants.

Néanmoins, et bien que sachant que je nourrissais exactement les mêmes pensées que mes camarades, le sous-lieutenant de réserve Bärenfels, le lieutenant Hartmann, le premier lieutenant Link, le baron Lerch et le docteur Brociner, ceux-ci, tels que je viens de les énumérer, par comparaison avec mon cousin Joseph Branco et son ami Manès Reisiger le cocher juif, me paraissaient tous superficiels, frivoles, mauvais camarades, stupides, indignes tout autant de la mort, pour laquelle ils partaient, que des testaments et des mariages qu'ils étaient en train de bâcler. Certes, je les aimais, mes chasseurs du 21e. Elle connaissait un patriotisme bien à elle, la vieille armée impériale et royale, patriotisme de clocher, patriotisme de régiment, de bataillon. Pendant mon service et, plus tard, pendant les périodes annuelles des manœuvres, j'avais grandi dans le métier des armes aux côtés du chef de section Mareck, du sergent Türling, du caporal Aloïs Huber. Or c'est une deuxième croissance que celle du service militaire. De même que le bébé apprend à faire ses premiers pas, de même le soldat apprend à marcher au pas cadencé, et jamais il n'oublie les bleus qui ont appris à marcher au pas avec lui, en même temps qu'à fourbir et à manier leur fusil, à faire leur paquetage, à plier leur couverture réglementairement, à astiquer leurs godillots. Et qui ont appris aussi le service de nuit : deuxième partie du règlement, ainsi que les définitions des termes subordination et discipline :

première partie du règlement. Jamais ces choses-là ne s'oublient, pas plus que la *Wasserwiese* où l'on s'est entraîné à courir, coude au corps, pas plus que les exercices d'assouplissement de fin d'automne, dans le brouillard gris qui enveloppait tous les arbres et transformait les sapins en veuves drapées de crêpe bleuté, pas plus que la clairière qui s'étendait sous nos yeux et où bientôt, après le repos de dix heures, on commencerait les exercices de campagne, prélude idyllique à la guerre sanglante. Non, ces choses-là ne s'oublient pas. La *Wasserwiese* du 21ᵉ était ma vraie patrie.

Mais quelle gaieté ils affichaient, mes camarades! Nous nous tenions dans notre petit café qui, à vrai dire, n'avait pas toujours été un café, qui n'était pas café de naissance, si je puis m'exprimer ainsi. Au cours des années nombreuses (si nombreuses que le souvenir s'en perdait dans la nuit des temps) où notre caserne, celle du 21ᵉ chasseurs, s'incorporait peu à peu intimement à ce quartier de la ville, la boutique ordinaire où nous pouvions acheter nos passe-poil, étoiles, galons de volontariat, rosettes, lacets de souliers, s'était métamorphosée petit à petit en ce cabaret. Les « passementeries » occupaient toujours les rayons, derrière le comptoir. Et maintenant encore dans le clair-obscur de la salle on respirait plutôt l'odeur des cartons contenant les étoiles de caoutchouc blanc, celles de soie dorée, les rosettes des officiers d'administration, et les dragonnes de pluie dorée, que les relents du cidre doux, de l'eau-de-vie et d'un *Gumpoldskirchner* relativement vieux. Devant le comptoir se dressaient trois ou quatre petites tables. Elles dataient de notre jeunesse, du temps de notre volontariat. Nous en avions fait l'acquisition nous-mêmes, car le passementier Zinker, propriétaire du magasin, n'avait obtenu sa licence de limonadier que grâce à la recommandation de Pauli, le commandant de notre bataillon. Mais il n'avait pas le droit de servir à boire aux civils. La licence concernait les militaires exclusivement.

Donc nous étions réunis une fois encore dans la boutique de Zinker, comme naguère, pendant notre volontariat. Et l'insouciance de mes camarades saluant la victoire prochaine des mêmes libations joyeuses dont ils saluaient, des années auparavant, la venue de leur examen d'officier, m'offensait profondément. Je me doutais sans doute d'ores et déjà que mes camarades étaient capables de subir avec succès les épreuves d'un examen, mais non celles d'une guerre. Leur jeunesse avait été trop gâtée dans cette Vienne sans cesse nourrie par les États de la Couronne. Ils n'étaient que les enfants inoffensifs, risiblement inoffensifs, de la capitale de la monarchie, capitale dorlotée, excessivement fêtée, et qui, semblable à une araignée brillante, ensorcelante, établie au milieu de son énorme toile noir et jaune, recevait sans relâche des États environnants force, sève, éclat.

Les impôts payés par mon pauvre cousin Joseph Branco Trotta, marchand de marrons à Sipolje, les impôts payés par Manès Reisiger, cocher de fiacre juif, qui menait à Zlotogrod une existence misérable, contribuaient à l'entretien des altières maisons du Ring, propriété des barons Todesco, famille israélite anoblie, ainsi qu'à celui des monuments publics : Parlement, palais de justice, locaux universitaires, crédit foncier, Burgtheater, Opéra, et même de la direction de la police. Ainsi que mon père le disait souvent, la gaieté de Vienne, en sa diversité, se repaissait nettement de l'amour tragique voué à l'Autriche par les terres de la Couronne. Amour tragique parce que sans réciprocité. Les tziganes de la plaine hongroise, les Houzoules subcarpathiques, les cochers juifs de Galicie, mes propres parents, marchands de marrons à Sipolje, les Souabes, planteurs de tabac de la Bacska, les éleveurs de chevaux de la steppe, ceux de

Bosnie et d'Herzégovine, les maquignons de l'Hanakie en Moravie, les tisserands de l'Ersgebirg, les meuniers et les marchands de corail de Podolie, tous, ils nourrissaient généreusement l'Autriche. Plus ils étaient pauvres et plus ils étaient généreux. Tant de souffrances, tant de maux, volontairement offerts comme une chose toute naturelle, avaient été nécessaires afin que le cœur de la monarchie pût passer dans le reste du monde pour la patrie de la grâce, de la gaieté, du génie! Et la grâce fleurissait, grandissait, mais sur un sol engraissé par la douleur et l'affliction.

Pendant que nous nous tenions ainsi dans le café du passementier, je songeais à Manès Reisiger et à Joseph Branco. Ces deux-là ne se préparaient pas à aller à la mort, à une gracieuse mort, avec autant de grâce que mes camarades de bataillon. Et moi non plus! Moi non plus! A ce moment-là, j'étais probablement seul à sentir le sombre poids des jours qui venaient. Voilà pourquoi je me levai tout à coup et, à ma propre stupéfaction, je dis ce qui suit :

– Mes camarades! J'ai pour vous tous une grande affection, comme il convient entre camarades et surtout une heure avant la mort!...

Je ne pus continuer. Mon cœur s'arrêtait, ma langue me refusait ses services. Alors je me rappelai mon père et – Dieu me pardonne le péché – je mentis. J'attribuai faussement à papa un propos qu'il n'avait jamais tenu mais qu'il aurait pu tenir réellement. Je poursuivis donc :

– Ce fut un des derniers désirs de mon père, dans le cas d'une guerre qu'il prédisait comme très prochaine, de me voir partir non avec vous, mes chers amis du 21e, mais dans le même régiment que mon cousin Joseph Branco Trotta.

Ils gardaient le silence. Jamais je n'avais entendu silence pareil, ce fut comme si je venais de les frustrer

77

du plaisir frivole que leur dispensait la guerre. J'étais un empêcheur de danser en rond. Je leur gâtais le plaisir de danser la ronde de la guerre.

J'avais l'impression bien nette qu'il ne me restait plus rien à faire parmi eux. Je me levai et leur tendis la main à tous. Je sens encore aujourd'hui dans la mienne les mains froides, déçues, de mes copains du 21e. Cela me faisait très mal, mais je voulais mourir en compagnie de Joseph Branco, mon cousin, le marchand de marrons, mourir avec Manès Reisiger, cocher à Zlotogrod, et non avec des danseurs de valses viennoises.

Telle fut ma rupture avec ma première patrie. Je veux dire avec le 21e chasseurs, y compris notre chère *Wasserwiese* du Prater.

XVI

Maintenant je devais aller voir Stellmacher, ami de Chojnicki et lieutenant-colonel au ministère de la Guerre. Mon transfert au 35e de réserve ne devait pas exiger plus de temps que les préparatifs de mon mariage. Je trouvai agréable de pouvoir entreprendre presque simultanément deux sortes de démarches. Elles se poussaient en quelque sorte mutuellement. A vrai dire, elles m'étourdissaient, m'empêchaient pour ainsi dire de justifier ma hâte par des raisons décisives. En ces heures-là je ne savais qu'une chose : il fallait faire vite. Je me refusais à rechercher bien exactement pour quelle raison, en vue de quel résultat, mais tout au fond de moi, telle une pluie fine qu'on entend ruisseler à travers le sommeil, un pressentiment se faisait jour déjà. Le pressentiment que là-bas, quelque part, sur les routes boueuses de la

Galicie orientale, mes amis Joseph Branco et Manès Reisiger prenaient la direction de l'ouest, poursuivis par les Cosaques. Peut-être étaient-ils déjà blessés, morts? Qui pouvait le savoir? J'honorerais tout au moins leur mémoire en servant dans leur régiment. J'étais jeune et nous ignorions tout de la guerre, n'est-ce pas? Avec quelle facilité je me laissais aller à l'idée que le devoir m'incombait de raconter aux braves troupiers du 35e des anecdotes vraies ou légèrement inventées sur Trotta et Reisiger, leurs camarades disparus, afin d'empêcher leur souvenir de se perdre. Les effectifs du 35e se composaient de bons et pauvres paysans, les adjudants y parlaient un allemand administratif qui adhérait au slave, leur langue maternelle, comme les distinctions aux parements de leurs uniformes, comme des galons jaune d'or sur de tout petits écussons vert foncé, et quant aux officiers, ils n'étaient pas les enfants gâtés d'une société viennoise, joyeuse et légère, mais des fils d'artisans, de métayers, de buralistes. Être admis parmi eux, cela représentait alors pour moi ce qu'aurait certainement représenté pour eux leur transfert au 9e dragons du comte Chojnicki. C'était là évidemment une de ces idées qu'on traite dédaigneusement de « romantiques ». Eh bien! fort éloigné d'avoir honte de ces idées, j'affirme encore aujourd'hui que, ma vie durant, mes conceptions romantiques m'ont plus rapproché de la réalité que les rares idées non romantiques que je n'ai pu accepter qu'en me faisant violence. Quelle sottise que ces dénominations tradition-nelles! Veut-on leur reconnaître malgré tout droit de cité, je l'admets, mais je crois avoir remarqué à tout propos que le soi-disant réaliste occupe dans le monde une position tout aussi inaccessible qu'un retranchement de ciment et de béton, alors que le soi-disant romantique se présente comme un jardin public où la vérité trouve libre accès.

Je devais donc aller voir le lieutenant-colonel Stellmacher. Dans notre vieille monarchie, le passage de l'active à la réserve, ou simplement de la cavalerie à l'infanterie, était une affaire d'État militaire, non certes plus difficile mais plus compliquée qu'une nomination de général de division. Toutefois, dans la vieille monarchie, mon univers perdu, il existait des lois précieuses, excellentes, non écrites, inaccessibles, inconnues des profanes mais familières aux initiés, lois d'airain plus fermes et plus éternelles que les lois écrites et aux termes desquelles, sur une centaine de solliciteurs, sept seulement, mais bien définis, devaient recevoir à leurs demandes un avis favorable, rapide et discret. Les barbares de la justice absolue en sont encore révoltés aujourd'hui, je le sais. Ils continuent à nous traiter d'aristocrates et d'esthètes, et je puis voir à tout instant ces non-aristocrates, ces antiesthètes s'employer à aplanir la voie à leurs semblables, les barbares du nivellement plébéien, stupide et injuste. La justice absolue, elle aussi, sème ses dents de dragon.

Mais, comme je l'ai déjà dit, je n'éprouvais alors ni le goût ni le loisir de la réflexion. Je traversai le corridor où des capitaines, des commandants, des colonels faisaient le pied de grue, tandis que moi, pauvre petit sous-lieutenant de chasseurs, je franchissais sans sourciller la porte sur laquelle on voyait écrit : « Défense d'entrer. » Avant même d'avoir été reconnu, je fus accueilli par le *Servus!* de Stellmacher penché sur ses papiers. Il savait bien avec quelle familiarité on est tenu de saluer les gens qui s'introduisent par les entrées interdites. Je voyais ses cheveux raides, gris, coiffés en brosse. Son front jaunâtre, terriblement plissé, ses yeux minuscules et enfoncés, qui paraissaient dépourvus de paupières, ses joues hâves, osseuses, et la grosse moustache noire, pendante, presque sarrasine où le lieutenant-colonel semblait avoir fourré toute sa vanité afin qu'elle ne le dérangeât plus ni dans sa profession ni dans sa vie privée. La dernière fois que je l'avais rencontré, c'était à la pâtisserie Dehmel, à cinq heures de l'après-midi, en compagnie de Sorgsam, le conseiller du Ballhausplatz. Nous ne songions pas le moins du monde à la guerre. Le mois de mai, un mois de mai viennois, flottait dans les petites tasses de moka bordées d'argent, dorait les couverts, les éclairs au chocolat, les tranches roses et vertes des grands gâteaux fourrés de crème qui évoquaient l'idée de bijoux singuliers et comestibles. Alors Sorgsam avait lancé en plein mai viennois : « La guerre n'aura pas lieu, messieurs!... » Et maintenant Stellmacher levait au-dessus de ses paperasses des yeux distraits, il ne me regarda pas la figure, mais aperçut juste assez d'uniforme, de dragonne, d'épée pour répéter : « *Servus!* » et ajouter aussitôt : « Assieds-toi donc! »

Enfin, il me vit et dit :

– Ce que tu es chic! A peine si je t'aurais reconnu. C'est qu'en civil, tu as l'air plutôt un peu... vaseux!

Mais sa voix n'était plus la basse sonore que je connaissais depuis des années, et sa plaisanterie semblait forcée. D'ordinaire, jamais un mot d'argot ne franchissait ses lèvres. Il serait resté prisonnier dans la broussaille brillante de sa moustache pour s'y éteindre dans le silence.

Je fis un exposé rapide de mon affaire. J'essayai d'expliquer pourquoi je voulais rejoindre ceux du 35e, mais Stellmacher me coupa la parole :

– A condition que tu les retrouves! Mauvaises nouvelles. Deux régiments littéralement pulvérisés. Retraite catastrophique. Ah! ils nous ont bien préparés nos archi-crétins! Bah, suffit! Vas-y et tâche de les découvrir, tes amis du 35e. Tu as ton changement avec grade de lieutenant. *Servus!* Rompez! Il me tendit la main par-dessus son bureau. Ses yeux clairs presque sans paupières, dont on n'aurait pu imaginer que le sommeil, la somnolence, la fatigue, pussent jamais en avoir raison, posaient sur moi un regard vague, étrange, émanant d'une région lointaine, comme vitrifiée, regard où l'on ne lisait pas de tristesse, non, mais quelque chose de plus morne que la tristesse : le désespoir. Il essaya de sourire. Son grand dentier double luisait, doublement blanc sous sa moustache sarrasine.

– Tâche de m'envoyer une carte postale! dit-il.

Et il se pencha de nouveau sur ses paperasses.

XVII

Pendant ces journées-là, les curés travaillaient tout aussi vite que les boulangers, les armuriers, les gares régulatrices, les fabricants de képis et d'uniformes. Nous devions nous marier à l'église de Döbling, le prêtre qui avait baptisé ma fiancée y vivait encore et mon beau-père donnait dans le sentiment, comme d'ailleurs la plupart des fournisseurs de l'armée. Mon cadeau à Élisabeth se trouva être en réalité celui de ma mère. Je n'avais pas pensé du tout que les cadeaux de noces fussent absolument nécessaires. Comme je rentrais pour le déjeuner, ayant également oublié les *Knödel,* je trouvai maman à table. Je lui baisai la main comme d'habitude et elle m'embrassa sur le front. Je chargeai notre domestique de m'acheter chez Urban des *Tuchlauben,* des parements vert foncé et des étoiles de lieutenant.

– Tu changes de régiment? me demanda ma mère.

– Oui, maman, je passe au 35e.

– Où se trouve-t-il?

– En Galicie orientale.

– Tu pars demain?

– Après-demain.

– Ton mariage est pour demain?

– Oui, maman.

Chez nous, pendant les repas, on avait coutume de faire l'éloge des plats, même ratés. Les louanges ne devaient pas être banales mais plutôt hardies et cherchées bien loin. Je disais par exemple que le bouilli m'en rappelait très exactement un autre, mangé un mardi également, six ou huit ans auparavant, et qu'aujourd'hui le concombre se mariait exactement de la même façon avec le plat de côtes. Devant les beignets aux quetsches, je fis mine de rester sans voix. Puis je dis à Jacques :

– A mon retour, il faudra me servir les mêmes, tout à fait les mêmes.

– Comme Monsieur voudra, me répondit notre vieux domestique.

Ma mère se leva avant le café, ce qui n'était nullement dans ses habitudes. Elle revint de son petit salon en me rapportant deux écrins en maroquin grenat que j'avais souvent vus et admirés sans jamais oser m'informer de leur contenu. Non par manque de curiosité, mais parce que savoir près de moi deux secrets inaccessibles me procurait un bonheur délicieux. Enfin, ils allaient m'être dévoilés! Le plus petit des écrins renfermait une miniature de mon père, sur émail, dans un cercle d'or. Sa grosse moustache, ses yeux noirs, ardents, presque fanatiques, sa lourde cravate soigneusement plissée et enroulée autour d'un faux col très haut me le rendaient étranger. Il avait sans doute eu cet air-là avant ma naissance. Et c'est ainsi qu'il restait vivant, cher et familier, dans le souvenir de ma mère. Moi, je suis blond, j'ai les yeux bleus. Mes yeux ont toujours eu une expression sceptique, triste, avertie, jamais crédule ni fanatique. Néanmoins, maman me dit :

– Tu lui ressembles tout à fait, prends ce portrait.

Je la remerciai et gardai son cadeau. Ma mère était une femme intelligente, perspicace. Je sus donc nettement, à ce moment-là, qu'elle ne m'avait jamais bien regardé. Elle éprouvait certainement pour moi un amour ardent mais qui s'adressait au fils de son mari, non à son enfant. Elle était femme, elle voyait en moi l'héritier de celui qu'elle aimait, le rejeton que la destinée avait fait engendrer à son bien-aimé et qu'elle-même n'avait conçu que par hasard.

Elle ouvrit le deuxième écrin. Sur du velours blanc comme la neige, reposait une grande améthyste taillée à six faces et tenue par une chaîne d'or si fine qu'en comparaison la pierre paraissait trop importante, presque trop puissante, trop violente. On n'avait pas l'impression qu'elle avait été suspendue à ce fil d'or, mais qu'elle se l'était approprié par un acte de volonté, et qu'elle l'emmenait en sa compagnie, tel un esclave faible et soumis.

– Pour ta fiancée, me dit maman, va la lui porter aujourd'hui.

Je baisai la main de ma mère et fourrai également dans ma poche le deuxième écrin.

A ce même moment, notre valet de chambre vint annoncer la visite de mon beau-père et d'Élisabeth.

– Faites entrer au salon, dit maman. Mon miroir!

Jacques lui apporta une glace à main de forme ovale. Elle s'y considéra un bon moment, sans bouger. C'est que les femmes de son temps n'avaient pas encore besoin pour arranger leur robe, leur mine, leurs cheveux de l'aide de leurs doigts nus, de fards, de poudre ou de peignes. On eût dit que maman ordonnait la discipline et la distinction à sa coiffure, à son visage, à sa robe tout simplement avec son regard qui, en cet instant, inspectait son image dans la glace. Sans qu'elle remuât seulement le petit doigt, toute expression de familiarité, d'intimité, disparaissait si bien que moi-même je finissais par me sentir en visite chez une dame étrangère.

– Viens, dit-elle, donne-moi ma canne.

Sa canne, mince baguette d'ébène à pomme d'argent, s'appuyait contre sa chaise. Elle ne s'en servait pas comme soutien, mais comme insigne de sa dignité.

Mon beau-père, en redingote, ganté, plus sous les armes qu'en toilette, Élisabeth dans sa robe gris perle fermée jusqu'au cou, une croix d'argent sur la poitrine, plus grande que d'ordinaire, aussi pâle que la boucle d'argent mat de sa ceinture, se tenaient debout, droits et raides, au moment où nous entrions. Mon beau-père s'inclina, Élisabeth ébaucha un *Knix* [1]. Je l'embrassai sans façon. La guerre me dispensait de toute cérémonie superflue.

– Veuillez excuser notre intrusion, dit mon beau-père.

Les yeux sur Élisabeth, ma mère le reprit :

– Mais c'est une agréable visite.

Il ajouta d'un ton plaisant :

– Dans quelques semaines, il sera de retour!

Sur une chaise de style rococo, étroite et raide, maman s'assit, le buste rigide, comme pris dans une cuirasse.

– On sait quelquefois quand on s'en va, jamais quand on revient, dit-elle.

Elle continuait de regarder Élisabeth. Elle fit apporter le café au salon, avec des liqueurs, du cognac. Elle ne se dérida pas un seul instant. A un moment donné, ses yeux se portèrent sur la poche de ma tunique où j'avais mis l'écrin à l'améthyste. Je compris. Sans dire un seul mot, je passai la chaîne au cou de ma fiancée. La pierre tombait juste sur la croix. Élisabeth sourit, elle alla vers la glace tandis que maman l'approuvait d'un signe de

---

1. Légère flexion des genoux ébauchée par les jeunes filles pour saluer une personne âgée.

tête. Elle retira sa croix. Sur la robe grise, l'améthyste prenait des reflets d'un violet intense. Elle faisait songer à du sang coagulé sur un sol gelé. Je détournai les yeux.

On se leva. Maman étreignit Élisabeth mais sans l'embrasser.

– Accompagne Monsieur et Mademoiselle, me dit-elle.

Puis elle ajouta :

– Je t'attends ce soir. Je désire savoir l'heure de votre mariage. Nous avons des tanches au bleu.

Elle fit un geste de la main, comme ceux que font les reines avec leur éventail. Elle disparut.

Une fois en bas, dans la voiture – mon beau-père ne se déplaçait qu'en auto, il me nomma sa marque, mais je ne l'ai pas retenue –, j'appris que tout était prêt à l'église de Döbling. Le moment n'était pas encore exactement fixé. Dix heures du matin, sans doute. Zelinsky et Heidegger nous serviraient de témoins. « Cérémonie toute simple, d'une simplicité militaire », disait mon beau-papa.

Le soir, pendant que nous mangions nos tanches au bleu, lentement, avec précaution, maman, pour la première fois depuis qu'elle était maîtresse de maison, se mit à parler de choses soi-disant sérieuses. Je venais d'entamer l'éloge du poisson, quand elle m'interrompit.

– Peut-être sommes-nous assis pour la dernière fois l'un à côté de l'autre, tu vas sortir pour faire tes adieux, n'est-ce pas?

– Oui, maman.

– Alors au revoir, à demain.

Je l'accompagnai jusqu'à la porte. Elle disparut. Elle ne se retourna pas.

Je partis vraiment pour faire mes adieux. Ou plutôt j'allai de droite et de gauche, ne trouvant une personne de connaissance que par-ci, par-là. Les gens, dans les rues, poussaient de temps à autre des clameurs incompréhensibles. Il me fallait plusieurs minutes pour en saisir le sens et alors les cris s'étaient déjà tus. Parfois la musique jouait *la Marche de Radetzky,* celle des *Deutschmeister* et *Heil mon Autriche!* Orchestres tziganes, orchestres de guinguettes dans des cafés petits-bourgeois. On buvait de la bière. Quelques sous-officiers se mettaient debout à mon entrée. Les civils me saluaient aussi en levant leurs chopes. J'avais l'impression d'être le seul qui ne fût pas saoul de toute la grande ville, et je m'y sentais étranger. Oui, ma ville familière se retirait de moi, elle s'éloignait de moi, de plus en plus avec chaque instant qui s'écoulait, et les rues, ruelles, jardins publics, si pleins de monde, si bruyants fussent-ils, me semblaient déjà déserts et morts comme je devais les retrouver à mon retour, après la guerre. J'errai jusqu'à l'aube, pris une chambre au vieil hôtel Bristol et dormis quelques heures d'un sommeil agité luttant incessamment contre des pensées, des projets, des souvenirs. Puis je me rendis au ministère de la Guerre, y trouvai des nouvelles favorables, pris une voiture et me fis conduire à notre caserne. Je fis mes adieux au commandant Pauli, notre chef de bataillon, reçus un ordre de service aux termes duquel, moi lieutenant Trotta – ainsi qu'on m'intitulait déjà –, je me trouvais affecté au 35ᵉ. Je roulai en toute hâte à Döbling, appris que mon mariage aurait lieu à 10 h 30, allai en avertir maman, puis rejoignis Élisabeth.

Nous prétextâmes qu'Élisabeth devait m'accompagner un bout de chemin. Ma mère m'embrassa sur le front comme d'habitude; l'air dur et glacial, elle s'engouffra dans son fiacre en dépit de sa lenteur de mouvement coutumière. C'était une voiture fermée. Avant qu'elle ne s'ébranlât, je pus voir encore maman tirer hâtivement le rideau en arrière de la petite vitre. Et je sus que, dans la pénombre du coupé, elle se mettait à pleurer. Mon beau-père nous embrassa tous les deux, dispos et insouciant. Sa gorge recelait mille clichés oiseux, ils en coulaient avec facilité pour se dissiper aussitôt comme des odeurs. Nous le quittâmes un peu brusquement. « Je vous laisse seuls ! » nous cria-t-il.

Élisabeth était censée m'accompagner vers l'est. Mais nous prîmes au contraire la direction de Baden. Nous avions seize heures devant nous... seize heures longues, pleines, saturées de choses... seize heures brèves et fugitives.

XVIII

Seize heures. Il y avait plus de trois ans que j'aimais Élisabeth. Mais les seize heures en perspective me paraissaient longues comparées aux années écoulées, et cela contrairement à ce qu'on eût dû attendre. C'est que les choses défendues passent vite, les choses permises au contraire sont marquées au signe de la durée. En outre, je trouvai Élisabeth sinon changée, du moins déjà en voie de transformation. Je songeai à mon beau-père et notai un certain nombre de ressemblances entre elle et lui. C'était visiblement de lui qu'elle tenait certains mouvements des mains tout à fait typiques, échos affinés et lointains des gestes paternels. Dans le tramway électrique de Baden, je fus presque blessé par quelques-uns de ses faits et gestes.

C'est ainsi que, dix minutes à peine après le départ, elle sortit un livre de sa mallette. Il se trouvait à côté de sa trousse de toilette, sur du linge. Immédiatement je pensai à la chemise nuptiale, et l'idée qu'un bouquin quelconque pût être en contact avec cette pièce de lingerie presque sacramentelle me fit l'effet d'une indignité. De plus il s'agissait d'un recueil d'esquisses, œuvre de l'un de ces humoristes de l'Allemagne du Nord, qui en même temps que notre loyalisme de Nibelungen, que l'Association des écoles allemandes, que les chargés de cours des facultés de Poméranie, de Dantzig, Königsberg, du Mecklembourg, promenaient alors dans Vienne leur gaieté triste comme la pluie et dont la facilité harassante commençait à faire école chez nous. De temps à autre, Élisabeth levait les yeux, elle me regardait, jetait un coup d'œil par la portière, étouffait un bâillement et reprenait sa lecture. Elle avait aussi une manière de croiser les jambes qui me paraissait véritablement indécente. Je lui demandai si le livre lui plaisait. Elle émit un jugement définitif : « Humoristique », dit-elle en me passant le bouquin. Je commençai par le milieu une de ces histoires niaises, il y était question de l'humeur « charmante » d'Auguste le Fort et de ses relations intimes avec une « impertinente » dame d'honneur. Les deux épithètes, à mon sentiment tout à fait caractéristiques des âmes prussiennes et saxonnes dès qu'elles s'adonnent au repos dominical, me suffirent amplement. Je dis à Élisabeth : « Charmant et impertinent, mais oui. » Elle rit et se replongea dans son récit. Nous allions à l'hôtel du Lion d'Or. Mon vieux domestique nous attendait, le seul qui connût notre projet d'escapade à Baden. Il m'avoua tout de suite qu'il l'avait révélé à maman. Il se tenait au terminus du tramway, son chapeau tromblon, sans doute un héritage de mon père, à la main, et il offrit à ma femme un bouquet de roses rouges. Il courbait la tête, sur son crâne chauve, le soleil se reflétait comme une étoile minuscule, un petit grain d'argent. Élisabeth restait muette. Je pensais : « Pourvu qu'elle trouve un mot à dire ! » La cérémonie silencieuse s'éternisait. Nos deux mallettes restaient sur le trottoir. Élisabeth serrait les roses contre son cœur en compagnie de son sac à main. Le vieillard demanda en quoi il pourrait encore nous être utile. Il avait aussi à nous présenter les amitiés de maman. Il m'informa que ma cantine, mon deuxième uniforme, mon linge, se trouvaient déjà déposés à l'hôtel. « Je te remercie », lui répondis-je. Je remarquai qu'Élisabeth s'écartait un peu de nous. Cette façon de se retirer, de s'esquiver, m'agaça. Je dis à Jacques :

– Viens avec nous jusqu'à l'hôtel, j'ai encore à te parler.

– Bien, Monsieur.

Il prit les mallettes et nous suivit. Je m'adressai à Élisabeth :

– Je voudrais causer encore un peu avec notre vieux Jacques. Je te rejoins dans une demi-heure.

J'entrai au café avec lui. Il garda son chapeau sur ses genoux. Je le lui enlevai doucement, le posai sur une chaise, à côté de lui. Les yeux lointains, bleu pâle, légèrement humides du vieillard, déversaient sur moi toute la tendresse de Jacques, c'était comme si maman avait mis pour moi dans ces yeux-là un dernier message maternel. Ses mains goutteuses – il y avait longtemps que je ne les avais vues nues, sans leurs gants blancs – tremblaient en prenant la tasse de café. Vieilles mains, bonnes et serviables. De petites nodosités bleuâtres couronnaient les articulations déformées des doigts, les ongles étaient plats, courts, fendillés, l'os du poignet, comme luxé en dehors, semblait ne supporter qu'avec mauvaise grâce le bord raide de la manchette toute ronde, à l'ancienne mode, et d'innombrables veinules bleu pâle, telles de minuscules rivières, se frayaient péniblement un chemin sous la peau gercée.

Nous étions assis dans le jardin de l'Astoria. Une feuille sèche, dorée, s'abattit en tourbillonnant lentement

sur le crâne chauve de Jacques. Il ne s'en aperçut pas.
Sa vieille peau avait perdu sa sensibilité. Je n'enlevai
pas la feuille.

– Quel âge as-tu? demandai-je.

– Soixante-dix-huit ans, Monsieur.

Pendant qu'il me répondait, je vis une dent unique,
une grande dent jaune apparaître sous sa moustache
blanche et fournie. Il poursuivit :

– C'est moi, et non la jeunesse, qui devrais aller à la
guerre. En 70, j'en étais, contre les Pruscos, avec le 15ᵉ.

– Où es-tu né?

– A Sipolje!

– Connais-tu les Trotta?

– Bien sûr. Et tous encore, tous!

– Parles-tu slovène?

– J'ai oublié, mon jeune maître, oublié.

J'avais dit à Élisabeth : « Dans une demi-heure. » J'hé-
sitai à regarder ma montre. Il avait déjà dû s'écouler au
moins une heure, mais je ne pouvais plus me passer des
yeux pâles où habitait toute la souffrance du cœur de
Jacques et du cœur de ma mère. Il me semblait à ce
moment-là qu'il me fallait rattraper en une seule heure
les vingt-trois années de ma vie, dissipées étourdiment,
sans affection. Et au lieu de commencer, en ma qualité
de jeune marié, ce qu'on est convenu d'appeler une
existence nouvelle, je m'efforçais au contraire de corriger
l'ancienne. J'aurais aimé la reprendre à partir de ma
naissance. Je voyais nettement que j'avais négligé le plus
important. Trop tard. J'étais placé en face de la mort et
en face de l'amour. Un instant même – je l'avoue –
j'envisageai une manœuvre honteuse, ignominieuse.
Envoyer un billet à Élisabeth. Lui écrire qu'il me fallait
absolument partir sans délai pour le front. Je pourrais
aussi le lui dire de vive voix, l'embrasser, jouer la
désolation, le désespoir. Mais cette aberration ne dura

qu'une seconde. Je m'en rendis maître aussitôt. Je quittai l'Astoria. Jacques me suivit fidèlement, à un demi-pas en arrière de moi.

Arrivé tout près de la porte de l'hôtel, comme j'allais faire volte-face pour prendre définitivement congé de mon vieux serviteur, j'entendis un râle. Je me retournai à moitié et tendis les bras. Jacques s'affaissa sur mon épaule. Son chapeau tromblon roula sur le pavé avec un bruit sec. Le portier sortit. Le vieillard était évanoui. Nous le transportâmes dans le hall. Je demandai un médecin et courus avertir Élisabeth.

Elle était toujours plongée dans son « humoriste » et buvait son thé en portant à sa chère bouche rose de minces tranches de pain grillé. Elle mit le livre sur la table et m'ouvrit ses bras. Je balbutiai :

– Jacques... Jacques...

Je m'interrompis. Je ne voulais pas prononcer le mot terrible, décisif. Mais, sur les lèvres d'Élisabeth, un sourire se dessinait, sensuel, indifférent et enjoué, tel que je crus ne pouvoir l'effacer que par une parole macabre :

– Il se meurt! dis-je.

Les bras d'Élisabeth retombèrent. Elle se contenta de répondre :

– C'est de son âge!

On venait me chercher. Le médecin était arrivé. Le vieillard reposait déjà dans une chambre, sur un lit. On lui avait retiré sa chemise empesée. Elle pendait sur sa redingote noire, telle une cuirasse de toile brillante. Les bottines bien cirées montaient la garde au pied de la couche. Les chaussettes de laine, abondamment reprisées, s'étalaient, flasques, à côté. Tout ce qui reste d'un homme simple. Quelques boutons de cuivre jaune sur la table de nuit, un col, une cravate, des bottines, des chaussettes, une redingote, un pantalon, une chemise. Les vieux pieds aux orteils déformés dépassaient le bout de la couverture. « Une attaque! » dit le docteur. Il venait d'être mobilisé, portait déjà l'uniforme de médecin-chef. Il rejoignait les Deutschmeister le lendemain. Notre présentation réciproque, conforme aux rites militaires, ressemblait quelque peu, au chevet de ce mourant, à une pièce mise en scène par le théâtre de Vienne-Neustadt. Nous en étions tous les deux gênés. J'interrogeai :

– Va-t-il passer?

Le major me demanda :

– Est-ce ton père?

– Non, c'est notre domestique.

J'aurais mieux aimé dire que c'était mon père. Le docteur parut s'en apercevoir, il déclara :

– Il va probablement mourir.

– Cette nuit?

Il leva des bras interrogateurs.

Le soir tombait rapidement. Il fallut allumer. Le docteur fit une piqûre à Jacques, rédigea une ordonnance, sonna, l'envoya porter chez le pharmacien. Je sortis furtivement de la pièce. « Comme un voleur! » me disais-je. Je montai chez Élisabeth, à pas furtifs aussi, comme si j'avais peur de réveiller quelqu'un. Je trouvai la porte fermée à clé. Ma chambre était contiguë. Je frappai. J'essayai d'ouvrir. Ma femme avait verrouillé la porte de communication. Je me demandai si je devais recourir à la violence. Mais j'eus la soudaine certitude que nous ne nous aimions pas. Je comptais deux morts. Le premier, c'était mon amour. Je l'ensevelis sur le seuil de la porte de communication, entre nos deux chambres. Puis je redescendis un étage pour assister aux derniers moments de Jacques.

Le bon docteur ne l'avait pas quitté. Je le trouvai sans sabre, sa tunique déboutonnée. Une odeur de vinaigre, d'éther, de camphre emplissait la pièce où le parfum humide et fané d'une soirée déjà automnale se répandait par les fenêtres ouvertes. Le major me dit : « Je reste », et il me serra la main. Je télégraphiai à ma mère qu'il me fallait garder notre domestique jusqu'à mon départ. Nous dînâmes de jambon, de fromage et de pommes, en vidant deux bouteilles de *Nussdorfer*.

Le vieillard gisait sur son lit, la face bleuâtre. Sa respiration grinçait dans la chambre comme une scie rouillée. De temps en temps, le buste se cabrait. Les mains tordues tiraient sur la couverture rouge. Le docteur imbibait une serviette de toilette, l'arrosait de vinaigre, la mettait sur le front de l'agonisant. Je montai deux fois chez Élisabeth. La première, tout demeura silencieux. La seconde, j'entendis ma femme sangloter. Je frappai plus fort : « Laisse-moi! » cria-t-elle. Sa voix traversa la porte comme un coup de couteau.

Il pouvait être dans les trois heures du matin. J'étais assis sur le bord du lit de Jacques. Le docteur dormait, sans tunique, ses bras en manches de chemise sur le bureau, la tête dans ses bras. Le mourant se souleva, les mains tendues, ouvrit les yeux et murmura quelque chose. Immédiatement réveillé, le major s'approcha de lui. Alors j'entendis la voix de notre domestique. Son ancienne voix claire :

– Que Monsieur veuille bien dire à Madame que je rentre demain.

Il retomba sur ses oreillers. Sa respiration se calma. Ses yeux restaient fixes et dilatés comme s'ils n'avaient plus besoin de paupières. « C'est la fin », me dit le docteur, juste comme je m'apprêtais à retourner auprès d'Élisabeth.

J'attendis. La mort ne semblait s'approcher du vieillard qu'avec des précautions infinies, maternellement, tel un ange véritable. Sur les quatre heures, le vent apporta dans la chambre une feuille de marronnier fanée, jaunie.

Je la ramassai et la posai sur la couverture de Jacques. Le docteur passa son bras autour de mon épaule, puis il se pencha sur le malade et prêta l'oreille. Il lui prit la main et me dit tout bas : « Fini! » Je m'agenouillai, fis un signe de croix. Le premier depuis des années et des années.

A peine deux minutes plus tard, on frappait à la porte. Le portier de nuit me tendait une lettre : « De la part de Madame », me dit-il. L'enveloppe n'était collée qu'à moitié et s'ouvrit comme d'elle-même. Je ne lus qu'une ligne : « Adieu, je rentre chez mon père. ÉLISABETH. » Je passai le billet au docteur inconnu. Il le lut, me regarda et dit :

– Je comprends.

Puis, un moment après, il ajouta :

– Je vais m'occuper de tout. Hôtel. Inhumation. Et de Madame votre maman. Puisque je reste provisoirement à Vienne. Pour où pars-tu aujourd'hui?

– Pour l'est.

– *Servus!*

Je n'ai jamais revu le docteur. Je ne l'ai jamais oublié non plus. Il s'appelait Grünhut.

XIX

Je partis pour le front, « par mes propres moyens ». La lettre de ma femme, dans un premier mouvement de vanité blessée, de vengeance, d'animosité – que sais-je? –, je l'avais chiffonnée et fourrée dans la poche de mon pantalon. Je la repris, défroissai la boulette de papier et relus l'unique phrase. Je pris conscience de ma culpabilité envers Élisabeth. Après un moment de réflexion, mon crime me parut même des plus graves. Je résolus d'écrire à ma femme. J'entrepris donc de chercher du papier dans ma valise. Mais quand j'eus déballé – en ce temps-là, on partait encore en campagne muni de son buvard en cuir –, la feuille bleue me renvoya pour ainsi dire à la figure ma propre mauvaise humeur. Il me sembla que ce papier vierge contenait tout ce que j'avais à dire encore et qu'il suffisait de l'envoyer tel quel, lisse et nu, sans y rien ajouter. Je n'y écrivis donc que mon nom et le mis à la poste, au premier arrêt du train. Une fois de plus je chiffonnai le billet de ma femme, une fois de plus je fourrai la boulette de papier dans ma poche.

Aux termes de l'ordre de route, établi par le ministère de la Guerre et signé de Stellmacher, j'étais affecté au 35e de réserve. C'est-à-dire que je devais rejoindre directement mon corps sans passer par le bureau de recrutement qui, par suite des événements, avait été replié de la zone dangereuse vers l'intérieur. Je me voyais donc placé devant la tâche assez compliquée de découvrir quelque part dans un village, une forêt, une bourgade, bref dans une position quelconque, un régiment en déroute. C'est-à-dire qu'errant moi-même « individuellement » il me fallait rattraper une unité errante et en fuite. C'était là une chose que, de toute évidence, on ne nous avait pas enseignée aux manœuvres.

Être pris corps et âme par ce souci me fut salutaire. Je m'y réfugiai littéralement. Comme cela, je n'avais plus à penser à ma mère, à ma femme, à la mort de notre pauvre domestique. Mon train stoppait toutes les demi-heures dans quelque petite gare sans importance. Je voyageais avec un premier lieutenant dans un compartiment étroit, une vraie boîte d'allumettes. Il nous fallut environ dix-huit heures pour atteindre Kamionka. A partir de là, les voies de chemin de fer ordinaires se trouvaient détruites. Seul un tortillard minuscule, composé de deux petits fourgons découverts, menait encore jusqu'au dernier bureau militaire capable – et encore sans engagement de sa part – d'indiquer à ceux qui se déplaçaient « par leurs propres moyens » la position momentanée de certains régiments. Le train avançait lentement. Le mécanicien sonnait sans interruption, car des bandes de blessés à pied, ou dans des charrettes de paysans, s'en venaient à' notre rencontre, en suivant la voie étroite. Je suis – et je l'apprenais alors pour la première fois – assez peu enclin à la soi-disant « grande peur ». C'est ainsi que la vue des blessés graves, évidemment étendus sur des civières parce qu'un coup de feu leur avait fracassé pieds ou jambes, me paraissait moins pénible que celle des soldats avançant sans soutien, d'un pas chancelant, et qui n'avaient qu'une blessure superficielle d'où le sang filtrait sans relâche à travers le pansement blanc. Et pendant ce temps-là, de chaque côté des rails, dans les vastes prairies déjà pâlies par l'automne, des grillons attardés faisaient retentir leur cri-cri parce que la tiédeur trompeuse de la soirée de septembre leur donnait l'illusion que l'été continuait ou déjà recommençait.

Au bureau militaire, je tombai par hasard sur l'aumônier du 35e. L'homme du Seigneur, gras, content de lui, était boudiné dans une soutane trop étroite et lustrée. En battant en retraite, il s'était égaré avec son ordonnance, son cocher et le fourgon bâché où il abritait, en plus de l'autel et des objets du culte, un certain nombre de poulets, des bouteilles d'eau-de-vie, du foin pour son cheval et, d'une façon générale, toutes sortes de choses réquisitionnées chez les paysans. Il me salua comme un ami dont il aurait été privé depuis longtemps. Il paraissait craindre de nouvelles tribulations, il ne pouvait pas se décider non plus à sacrifier sa volaille au commandant du poste, où depuis dix jours déjà on se nourrissait exclusivement de conserves et de pommes de terre. On n'y portait pas l'aumônier précisément dans son cœur, mais le curé se refusait à partir au hasard, ou sur des indications problématiques, alors que moi, pensant à mon cousin Joseph Branco et à son ami Manès Reisiger, je préférais l'imprécision à l'attente. Aux termes de ces renseignements vagues, ceux du 35e devaient se trouver à trois kilomètres au nord de Brzezany. Je me mis donc en route avec l'aumônier, sa voiture et sa basse-cour, sans carte, pourvu seulement d'un itinéraire tracé à la main.

Nous finîmes par découvrir ceux du 35e, non pas au nord de Brzezany naturellement, mais dans le bourg de Strumilce. J'allai me présenter au colonel. Ma nomination de lieutenant se trouvait déjà entre les mains de l'adjudant. Je demandai à voir mes amis et qu'on les mît dans ma section. Ils arrivèrent, mais dans quel état! Je les attendais dans le bureau du sergent-major Cenower, mais on ne leur avait pas dit que c'était moi qui les faisais venir. Au premier moment, ils ne me reconnurent même pas. Mais, la seconde d'après, Manès Reisiger me sautait au cou, sans souci des prescriptions militaires, alors que mon cousin continuait de rester au garde-à-vous, figé par la surprise et la discipline. C'est que Joseph Branco était slovène, tandis que Manès Reisiger était un cocher juif de l'Est, insouciant et sans foi dans les règlements. Sa barbe ne se composait plus que de petits pelotons indociles et durs. L'homme ne semblait pas porter un uniforme mais un déguisement. J'embrassai l'une des petites pelotes de barbe, puis j'entrepris d'embrasser aussi Joseph Branco. Moi-même, moi aussi, j'oubliais la hiérarchie. Je ne pensais plus qu'à la guerre et criai bien dix fois de suite :

– Vous êtes vivants! Vous êtes vivants!

Joseph Branco remarqua immédiatement mon alliance et désigna mon doigt sans dire mot.

– Oui, déclarai-je, je suis marié.

Je vis, je sentis, qu'ils voulaient en savoir davantage sur mon mariage et sur ma femme. Je sortis avec eux. Nous allâmes sur le tout petit cours circulaire qui faisait le tour de l'église de Strumilce. Mais je ne parlai pas du tout d'Élisabeth jusqu'au moment où il me revint à l'esprit – comment avais-je pu l'oublier? – que sa photographie se trouvait dans mon portefeuille. Le mieux, pour économiser les propos superflus, c'était de la montrer à mes amis. Je sortis mon portefeuille, cherchai dedans. Pas de portrait. Je me demandais où je pouvais bien l'avoir oublié ou perdu, quand je crus me souvenir que je l'avais laissé chez nous, chez ma mère. Je fus pris d'une peur incompréhensible, folle, comme si j'avais déchiré ou brûlé l'effigie de ma femme :

– Je ne la retrouve pas, dis-je à mes deux amis.

En guise de réponse, mon cousin sortit une photo de sa poche et me la tendit. Elle représentait une belle créature, aux formes fières et généreuses, en costume villageois, avec une petite couronne de pièces de monnaie sur ses bandeaux plats et un collier des mêmes piécettes, qui faisait trois fois le tour de son cou. Elle avait les bras nus, les mains sur les hanches. Joseph Branco me dit :

– Voici la mère de mon enfant. C'est un garçon.

– Es-tu marié? lui demanda le cocher.

– Quand la guerre sera finie, je l'épouserai. Notre fils s'appelle Branco, comme moi. Il a dix ans. Il habite chez son grand-père. Il sait tailler des sifflets épatants.

XX

Dans les journées qui venaient et dont la perspective s'ouvrait à nous, vaste, grosse de dangers, sombre et sublime, étrangère et mystérieuse, il ne fallait nous attendre, selon toute prévision, à aucune bataille mais uniquement à la retraite. De Strumilce, nous arrivions, à peine deux jours plus tard, au village de Jeziory, et trois jours après dans la petite ville de Pogrody. Poursuivis par l'armée russe, nous nous retirâmes jusqu'à Krasné-Busk. Sans doute par suite de retard dans la transmission d'un ordre, nous y restâmes plus longtemps qu'il n'était dans les intentions du haut commandement. Si bien qu'un jour, au petit matin, nous fûmes surpris par l'ennemi. Il ne nous restait plus le loisir de nous retrancher... Telle fut la bataille historique de Krasné-Busk où le tiers de notre régiment se trouva anéanti et un deuxième tiers fait prisonnier.

Nous aussi, Joseph Branco, Manès Reisiger et moi, nous fûmes faits prisonniers. Et c'est ainsi que notre premier combat se termina sans gloire.

Il conviendrait d'exposer ici les sentiments qui animent un prisonnier de guerre. Mais je ne sais pas trop quelle grande indifférence rencontrerait actuellement ce genre de récit. J'accepte volontiers le destin d'être un disparu, mais je ne puis me résigner à devenir le narrateur de choses disparues. A peine serais-je compris si j'entreprenais de parler aujourd'hui de la liberté, par exemple, ou de l'honneur, à plus forte raison de la captivité. Mieux vaut se taire provisoirement. Je n'écris que pour y voir clair en moi-même et aussi *pro nomine Dei*. Qu'Il me pardonne le péché.

Bon, nous étions donc prisonniers, toute ma section prisonnière. Joseph Branco et Manès Reisiger restaient avec moi. On nous avait pris de compagnie. Le cocher de fiacre disait :

– Voilà la guerre terminée pour nous.

Et il lui arrivait parfois d'ajouter :

– Je n'ai jamais été prisonnier, pas plus que vous deux, mais je sais que c'est la vie et non la mort qui nous attend. Vous vous en souviendrez quand nous rentrerons dans nos foyers. Si seulement je savais ce que devient mon Éphraïm! La guerre sera longue. Mon fils, lui aussi, finira par être appelé. Notez-le. C'est Manès Reisiger simple cocher de fiacre à Zlotogrod qui vous le dit.

Là-dessus, il fit claquer sa langue. Ce fut comme un claquement de fouet. Pendant les semaines qui suivirent, il resta silencieux et muet.

Le soir du 2 octobre, on devait nous séparer. On avait l'intention, comme c'était la coutume alors, et tout naturel d'ailleurs, de ne pas laisser les officiers avec les simples soldats. A nous autres gradés, on assignait comme résidence l'intérieur de la Russie, mais nos hommes devaient être expédiés très loin. Il était question pour eux de la Sibérie.

Je me fis inscrire pour la Sibérie. Je ne sais pas encore aujourd'hui, et je ne veux pas savoir, comment Manès Reisiger s'y prit pour réussir à me traîner en Sibérie. Jamais, je pense, personne ne fut aussi content que moi d'obtenir des désavantages au moyen de la ruse et de la corruption. Mais en fait c'était Manès Reisiger qui les obtenait. Depuis la première heure de notre captivité, il avait assumé notre commandement à tous, celui de toute la section. Dieu aidant, que n'apprend-on pas de la fréquentation des chevaux quand on est cocher de fiacre et, par-dessus le marché, cocher juif à Zlotogrod!

Je ne parlerai pas ici des voies et détours par lesquels nous arrivâmes en Sibérie. Voies et détours se comprennent d'eux-mêmes. Au bout de six mois, nous étions à Wiatka.

XXI

Wiatka se trouve bien loin en Sibérie, sur les bords de la Léna. Le voyage prit donc environ six mois. Nous oubliions le nombre des jours au cours de cette longue pérégrination. Ils se succédaient indéfiniment, innombrables, interminables. Qui compte les grains d'un collier de corail à six rangs? Notre transfert avait donc duré la moitié d'une année. Faits prisonniers en septembre, nous n'arrivâmes à destination qu'en mars. A Vienne, les cytises de l'Augarten devaient déjà être en fleur. Bientôt les sureaux commenceraient à embaumer. Mais ici la rivière charriait des glaçons énormes. Même aux endroits les plus larges, on pouvait la traverser à pied sec. Pendant le déplacement, quatre hommes de notre section étaient morts du typhus. Quatorze avaient tenté de s'enfuir. Six soldats de notre escorte avaient déserté avec eux. Arrivés à Tschirein, le jeune lieutenant de cosaques qui commandait le convoi des prisonniers pendant la dernière étape nous fit attendre. Il fallait rattraper les fuyards et les déserteurs. Son nom était Andrei Maximovitch Krassine. Pendant que ses patrouilles battaient le pays à la recherche des manquants, il jouait aux cartes avec moi. Nous parlions français. Il buvait à même sa gourde en forme de courge le *samogonka* que les rares colons russes du pays lui apportaient, il se montrait confiant, reconnaissant de tout bon regard dont je le gratifiais. J'aimais son rire, ses dents éclatantes et solides derrière sa courte moustache noire comme du jais, et ses yeux qui se réduisaient à deux tout petits points étincelants quand il les contractait. Il était, pour ainsi dire, maître de son rire. Il suffisait de lui dire : « Riez donc un peu, s'il vous plaît », pour que son bon rire sonore, généreux, cordial, fusât immédiatement. Un beau jour les patrouilles découvrirent les fuyards. Ou plutôt ce qui en restait, huit hommes sur vingt. Les autres étaient certainement soit égarés, soit cachés quelque part, soit disparus accidentellement. Andrei Maximovitch Krassine faisait une partie de tarots avec moi dans la baraque de la gare. Il ordonna à l'escorte et aux prisonniers de venir près de nous, commanda du thé et de l'eau-de-vie pour tout le monde, et m'intima l'ordre, puisque je lui étais livré pieds et poings liés, de dicter les punitions pour les fuyards de ma section ainsi que pour les deux déserteurs russes qu'on avait rattrapés. Je lui objectai que je ne connaissais pas les règlements de son armée. Il commença par me prier puis il passa aux menaces. Je finis par lui dire :

– Comme j'ignore quelles peines sont applicables d'après votre code, je prononce l'acquittement général.

Il posa son revolver sur la table en criant :

– Lieutenant, vous êtes du complot. Je vous arrête et vous fais emmener !

– Et si nous terminions notre partie ? répondis-je en prenant mes cartes.

– Mais oui, dit-il.

Et nous continuâmes à jouer, entourés par les soldats, ceux de l'escorte et les Autrichiens. Il perdit. J'aurais pu facilement le faire gagner, mais je craignais qu'il ne s'en aperçût. C'était un tel enfant que la méfiance lui procurait une plus grande volupté encore que le rire et qu'on le trouvait constamment prêt à la méfiance. Je le laissai donc perdre. Il fronçait les sourcils et il regardait déjà d'un air féroce le sous-officier qui commandait le groupe, comme s'il allait faire fusiller les huit délinquants, quand je lui dis : « Riez donc un peu! » Il éclata de son bon rire généreux, en exhibant toutes ses dents blanches. Je m'imaginais déjà les avoir sauvés tous les huit.

Son hilarité dura environ deux minutes. Il reprit son sérieux tout à coup, selon son habitude, et ordonna au sous-officier :

– Bouclez-les! Tous les huit! Rompez! J'aviserai plus tard!

Puis, quand les hommes eurent quitté la baraque, il se mit à battre les cartes :

– Revanche, dit-il.

Nous jouâmes une nouvelle partie. Il perdit pour la deuxième fois. Alors seulement il remit son pistolet dans sa poche, se leva et déclara :

– Je reviens tout de suite.

Il disparut. On alluma deux lampes à pétrole, de l'espèce dite à « bec circulaire ». La patronne arriva en se dandinant, un nouveau verre de thé à la main. A la surface du thé tout frais, l'ancienne tranche de citron nageait toujours. La femme était large comme un navire. Elle avait un sourire bon enfant, confiant, maternel. Au moment où je m'apprêtais à enlever le vilain rond de citron, elle plongea dans le liquide deux gros doigts obligeants et le retira elle-même. Je la remerciai d'un regard.

Je bus lentement le thé bouillant. Le lieutenant Andrei Maximovitch ne revenait pas. Il se faisait de plus en plus tard, il me fallait rejoindre mes hommes au camp.

Je sortis devant la porte du balcon et criai son nom à plusieurs reprises. Il me répondit enfin. La nuit était froide, si glaciale qu'il m'avait semblé que mon appel, à peine lancé, devait geler sans jamais atteindre celui que je hélais. Je levai les yeux vers le ciel. Les étoiles d'argent n'avaient pas l'air d'être enfantées par le firmament, mais d'y avoir été plantées comme des clous, des clous scintillants. Un fort vent d'est, le tyran des vents de la Sibérie, me coupait la respiration, enlevait à mon cœur la force de battre, à mes yeux la faculté de voir. La réponse du lieutenant à mon appel, portée malgré tout jusqu'à moi par le vent hargneux, me fit l'effet d'un premier message humain et consolant, enfin reçu après une longue, longue attente. Et pourtant à peine avais-je attendu quelques minutes dehors, dans la nuit ennemie des hommes. Et de quelle pauvre consolation le message humain me gratifiait!

Je rentrai dans la baraque. Une seule lampe y brûlait encore. Elle n'éclairait pas la pièce mais rendait l'obscurité plus sensible, plus épaisse. Elle constituait pour ainsi dire l'infime noyau lumineux d'une lourde sphère de ténèbres. Je m'assis à côté de la lampe. Soudain quelques coups de feu me firent sursauter. Je me précipitai dehors. Le bruit de la déflagration ne s'était pas éteint encore. Il semblait continuer de rouler sous le ciel puissant et froid. Je restai aux écoutes. Rien ne bougeait plus, hormis l'éternelle bise glaciale. Incapable de supporter tout cela davantage, je rentrai dans la baraque.

Un moment plus tard, le lieutenant revenait. Blême malgré le vent, sa casquette à la main, son pistolet émergeant de l'étui à moitié ouvert.

Il s'assit aussitôt. Il respirait péniblement, il déboutonna le col de sa tunique et fixa les yeux sur moi comme s'il ne me reconnaissait pas, comme s'il faisait tous ses efforts pour me reconnaître. Il balaya les cartes de la table avec sa manche, avala une forte rasade à même la bouteille, laissa retomber sa tête, puis soudain il dit hâtivement :

– Je n'en ai touché qu'un.

– Vous avez mal visé alors?

Mais je donnai à mes paroles une signification tout autre.

– J'ai mal visé. Je les avais fait mettre en ligne. Je ne voulais que les effrayer. J'ai tiré en l'air. Mais au dernier coup quelqu'un m'a appuyé sur le bras. Ça a été vite fait. Le coup est parti je ne sais pas comment. L'homme est mort. Mes soldats ne me comprennent plus.

On enterra la victime la nuit même. Le lieutenant ordonna de tirer une salve d'honneur. Désormais il cessa de rire. Il réfléchissait à quelque chose.

Nous fîmes encore dix verstes sous ses ordres. Deux jours avant de nous remettre à un nouveau chef d'escorte, il me demanda de monter à côté de lui dans son traîneau, et me dit :

– Ce traîneau vous appartient, à vous et à vos deux amis. Le Juif est cocher, il saura se débrouiller. Prenez ma carte. J'y ai marqué d'une croix l'endroit où vous avez à vous rendre. On vous y attend. Un ami à moi. De toute confiance. Personne ne vous recherchera. Je vous porte fuyards tous les trois. Je vais vous exécuter et vous enterrer.

Il me serra la main et descendit du traîneau.

Nous partîmes dans la nuit. Notre randonnée dura quelques heures. L'homme nous attendait. Chez lui nous nous sentîmes immédiatement en sécurité. Une nouvelle vie commençait pour nous.

XXII

Notre hôte était un de ces Polonais établis de longue date en Sibérie. Marchand de fourrures de son métier, il vivait seul, avec un chien de race indécise, deux fusils et un certain nombre de pipes de sa fabrication, dans deux pièces spacieuses bourrées de peaux assez misérables. Il s'appelait Baranovitch. Jan de son prénom. Il parlait extrêmement peu. Condamné sans doute au mutisme par sa barbe noire qu'il portait entière. Il nous fit exécuter toutes sortes de petits travaux. Réparer la barrière, casser du bois, graisser les patins du traîneau, trier les fourrures. Il nous enseignait des choses utiles. Mais au bout d'une semaine déjà, nous nous rendions compte qu'il ne nous occupait que par délicatesse et aussi pour éviter que, dans cette solitude, nous ne nous prenions de querelle avec lui ou entre nous. Il avait raison. Il sculptait des pipes et des cannes dans la broussaille dure et solide qui pousse dans la région et qu'il nommait *nastorka,* j'ignore pour quelle raison. Chaque semaine il culottait une pipe neuve. Je ne l'entendis jamais plaisanter. Quelquefois il tirait la pipe de sa bouche pour sourire à l'un de nous. Tous les deux mois à peu près, un homme venait de la bourgade la moins éloignée et nous apportait un vieux journal russe. Baranovitch n'y jetait pas un regard. Le journal m'apprenait bien des choses, mais ne pouvait évidemment pas nous renseigner sur la guerre. Un jour, je lus que les Cosaques entraient en Silésie. Mon cousin le crut mais pas Manès Reisiger. Ils commencèrent à se chamailler. Pour la première fois, ils se fâchèrent l'un contre l'autre. Bref, la démence nécessairement enfantée par la solitude les gagnait eux aussi. Joseph Branco, plus jeune et plus violent que le cocher, l'empoigna par la barbe. J'étais en train de laver la vaisselle, dans la cuisine. Au bruit de la dispute, j'entrai dans la salle, mes assiettes dans les mains. Mes amis ne m'entendaient pas, ne me voyaient pas. Bien qu'atterré à la vue de la frénésie de ces deux hommes que j'avais aimés, une brusque lumière m'envahit. Elle m'atteignit comme jaillie du dehors, pour ainsi dire. Je me rendis compte que je n'étais plus des leurs. Ce fut donc en arbitre impuissant, mais non plus en ami, que je me dressai devant eux. Bien qu'il fût évident pour moi qu'ils étaient en proie à la folie du désert, je me croyais moi-même invulnérable, à l'abri de cette folie. En proie à une indifférence mauvaise, je retournai à la cuisine laver mes assiettes. Leur fureur était déchaînée. Moi, pour éviter de troubler leur délire belliqueux, comme on évite de troubler le sommeil de celui qui repose dans la chambre d'à côté, je m'appliquai maintenant à poser les assiettes les unes sur les autres avec des précautions toutes nouvelles pour les empêcher de tinter. Ma tâche terminée, je m'assis sur l'escabeau et j'attendis tranquillement.

Un bon moment après, ils sortaient eux aussi, ils effectuaient en quelque sorte leur réapparition, l'un suivant l'autre. Ils ne faisaient pas plus attention à moi que tout à l'heure. On eût dit que chacun d'eux, et chacun pour son propre compte puisqu'ils étaient brouillés, voulait me témoigner son mépris de ma non-intervention dans leur querelle. Ils s'attelèrent tous les deux à un travail superflu. L'un aiguisait un couteau mais sans rien de menaçant, l'autre mettait de la neige dans une marmite, allumait le feu, y jetait de petites bûchettes, posait le chaudron sur le foyer et gardait les yeux fixés sur la flamme. Une agréable tiédeur se répandit. La chaleur se réverbérait sur la fenêtre d'en face. Le reflet du feu bleuissait, rougissait, violaçait les fleurs de glace. Les gouttes d'eau gelées, par terre, juste sous la croisée, commencèrent à fondre.

Le crépuscule se répandait dans la pièce. L'eau bouillait dans la marmite. Bientôt Baranovitch revint d'une de ces randonnées qu'il entreprenait certains jours, on ne savait pour quel motif. Il rentrait, sa casaque sous le bras, ses moufles passées dans sa ceinture (il avait l'habitude de les retirer avant de franchir le seuil, en manière de politesse). Il tendit la main à chacun de nous avec son salut habituel : « Dieu vous donne la santé! » Puis il enleva son gros bonnet de fourrure, fit le signe de la croix et s'en alla dans la salle.

Plus tard, nous dînâmes comme de coutume, tous les quatre ensemble. Le coucou battait son tic-tac et faisait penser à un oiseau égaré en pays étranger. On s'étonnait qu'il n'eût pas gelé en route. Baranovitch, habitué à nos causeries du soir, scrutait nos visages à la dérobée. Soudain il se leva, avec moins de lenteur que d'ordinaire. Puis mécontent, pour ainsi dire, de la désillusion que nous lui infligions ce jour-là, il nous souhaita bonne nuit et se retira dans la deuxième chambre. Je débarrassai la table, éteignis la lampe à pétrole. La nuit brillait à travers les carreaux gelés. On se coucha : « Bonne nuit! », dis-je, comme tous les soirs. Personne ne répondit.

Le lendemain matin, comme je taillais des bûchettes pour chauffer le samovar, Baranovitch entra dans la cuisine. Il se mit à me parler avec une volubilité inattendue :

– Alors, ils ont tout de même fini par se battre? J'ai vu les bleus et compris votre silence. Je ne peux plus les garder ici. La paix doit régner dans cette maison. Ce n'est pas la première fois que je reçois des gens chez moi. Ils y restent tant qu'ils vivent en paix. Je n'ai jamais demandé à qui que ce soit d'où il venait. Peu m'importait que ce fût un assassin, pour moi, c'était un hôte. Je me conforme au proverbe : « Hôte chez soi, Dieu chez soi! » Le lieutenant qui t'a envoyé ici me connaît depuis longtemps. Lui aussi, il m'a fallu le chasser un jour parce qu'il s'était battu. Il ne m'en veut pas. Toi, j'aimerais te garder. Tu ne t'es certainement pas mêlé à leur bagarre. Mais les autres te dénonceraient. Tu partiras donc avec eux.

Il se tut. Je jetai mes bûchettes allumées dans le tuyau du samovar et posai par-dessus du papier journal froissé pour les empêcher de s'éteindre. Comme l'eau commençait à chanter, Baranovitch reprit la parole :

– Vous ne pouvez pas vous enfuir. Errer par ici, en cette saison, c'est se vouer à une mort certaine. Il ne vous reste donc qu'à vous rendre à Wiatka.

Il répéta : « A Wiatka », eut un moment d'hésitation, puis ajouta :

– Au camp. On vous infligera une punition. Grave ou légère, je ne sais pas. Aucune peut-être. Là-bas le désordre est grand, le tsar est loin, ses décrets embrouillés. Présentez-vous à Kumine, le maréchal des logis. Il est plus puissant que le commandant du camp. Je vais vous donner des cigarettes et de la *machorka,* tu les lui remettras. Kumine, rappelle-toi bien le nom.

L'eau bouillait. Tout en jetant du thé dans le *tchaïnik* posé sur le tuyau du samovar, je songeais : « C'est la dernière fois. » Le camp ne me faisait pas peur. C'était la guerre. Tous les prisonniers devaient aller dans un camp. Mais je savais maintenant que je considérais Baranovitch comme un père, sa maison comme une patrie, son pain comme le pain de ma patrie. Hier j'avais perdu mes meilleurs amis. Aujourd'hui je perdais une patrie. C'était la première fois de ma vie, mais j'ignorais encore que ce n'était pas la dernière. Les gens comme moi sont marqués.

Quand j'entrai dans la salle avec le thé, Manès Reisiger et Joseph Branco étaient déjà installés des deux côtés de la table. Baranovitch s'adossait à la porte conduisant dans l'autre pièce. Il ne s'assit pas, même quand je lui servis son verre de thé. Je coupai et distribuai le pain moi-même. Il s'approcha de la table, vida son verre debout, mangea son pain debout. Puis il dit :

– Mes amis, j'ai expliqué à votre lieutenant pourquoi je ne peux pas vous garder chez moi. Prenez votre traîneau. Mettez quelques fourrures sous vos tuniques, ça vous tiendra chaud. Je vais vous accompagner jusqu'à l'endroit où j'ai été vous chercher.

Manès Reisiger sortit. Je l'entendis aussitôt amener le traîneau sur la neige craquante de la cour. Joseph Branco n'avait pas immédiatement compris. Je lui dis :

– Lève-toi, fais tes paquets !

L'obligation de donner des ordres me faisait mal pour la première fois.

Quand nous fûmes prêts et serrés l'un contre l'autre dans le petit traîneau, Baranovitch me dit :

– Descends, j'ai oublié quelque chose.

Nous rentrâmes dans la maison. Je donnai un dernier regard à la cuisine, à la salle, aux fenêtres, aux couteaux, à la vaisselle, au chien enchaîné, aux deux fusils, aux piles de fourrures. Regard furtif, vainement dissimulé, car Baranovitch s'en aperçut :

– Tiens ! me dit-il en me remettant un revolver. Tes amis vont...

Il n'acheva pas la phrase. Je fourrai l'arme dans ma poche.

– Kumine ne te fouillera pas, tu n'auras qu'à lui donner le thé et la *machorka*.

Je voulais le remercier, mais quel pauvre merci serait

sorti de ma bouche. Je songeais : « Combien de fois ai-je dit merci, légèrement, du bout des lèvres. Profanant véritablement le mot. » A l'oreille de Baranovitch, ce merci inconsistant aurait sonné creux. Une poignée de main elle-même aurait été sans poids. Du reste il enfilait ses moufles. Quand nous fûmes arrivés à l'endroit où il nous avait attendus un jour, alors seulement il découvrit sa main droite, nous la tendit avec son habituel : « Dieu vous donne la santé » et cria un « hue ! » retentissant comme s'il avait peur que nous ne restions là. Il nous tourna le dos. Il neigeait. Baranovitch disparut comme un fantôme, englouti dans l'épaisse blancheur.

Nous arrivâmes au camp. Kumine ne nous posa pas de questions. Il prit le thé, la *machorka,* sans rien demander. Il nous sépara. Je fus dirigé sur le baraquement des officiers. Je ne voyais Manès Reisiger et Joseph Branco que deux fois par semaine, quand nous faisions l'exercice. Ils ne se regardaient pas. Quand il m'arrivait de m'approcher de l'un d'eux pour lui donner un peu de mon maigre tabac, chacun me disait en allemand les formules d'usage dans le service « Merci, mon lieutenant. – Ça va ? – Oui, mon lieutenant. » Un beau matin dans la cour, tous les deux manquaient à l'appel. Le soir, je trouvai un petit billet épinglé à l'oreiller de mon lit de camp. C'était l'écriture de Joseph Branco. Je lus : « Nous sommes partis. Nous allons à Vienne. »

XXIII

En effet je les trouvai à Vienne, mais seulement quatre ans après.

Je rentrai chez moi en 1918, la veille de Noël. L'horloge de la gare de l'Ouest marquait onze heures. Je suivis la Mariahilfer Strasse. Une pluie grenue, neige manquée, sœur misérable de la grêle, tombait obliquement d'un ciel maussade. Mon képi était nu, on l'avait dépouillé de ses étoiles. Les rares réverbères allumés étaient nus. Le grésil crépitait sur leurs vitres ternies, comme si le ciel eût lancé des volées de petits cailloux contre de grandes billes de verre triste. Les capotes des factionnaires flottaient au vent devant les portes des monuments officiels et leurs basques se gonflaient malgré l'humidité qui les imprégnait. Les baïonnettes n'avaient pas l'air réelles, les fusils s'appuyaient de travers sur l'épaule des soldats. On eût dit que les armes avaient envie de s'étendre pour dormir, fatiguées comme nous par quatre années de tir. Les hommes ne me saluaient pas, mais je ne m'en étonnais nullement, mon képi nu, le col nu de ma tunique n'en faisaient d'obligation à personne. Je ne me révoltais pas. Je n'en éprouvais que de la mélancolie. C'était la fin. Je pensais aux rêves de mon père, à ce rêve de triple monarchie qu'il m'avait destiné à réaliser un jour. Il reposait au cimetière de Hietzing et l'empereur François-Joseph qu'il avait abandonné par excès de fidélité gisait dans la Crypte des capucins. J'étais l'héritier, et je rentrais dans la maison de mon père et de ma mère, sous le grésil. Je fis un détour pour passer par la Crypte des capucins. Une sentinelle allait et venait devant l'entrée. Qu'avait-elle à garder encore ? Les sarcophages ? Le Souvenir ? L'Histoire ? Moi, l'héritier, je m'arrêtai un moment devant l'église. Le factionnaire ne s'inquiéta pas de ma présence. Je me découvris. Puis, de maison en maison, je gagnai celle de mon père. Est-ce que maman vivait encore ? Deux fois pendant mon voyage de retour, je lui avais annoncé mon arrivée.

Je pressai le pas. Est-ce que maman vivait encore ?

J'étais devant notre demeure. Je sonnai. J'attendis longtemps. Enfin notre vieille concierge ouvrit la porte.

– Madame Fanny! criai-je.

Elle me reconnut aussitôt à la voix. La flamme de la bougie vacilla dans sa main tremblante.

– On vous attend. Nous vous attendons, notre jeune maître. Voilà dix nuits que nous ne dormons ni l'un ni l'autre. Et Madame non plus, en haut.

En effet, elle portait une robe que je ne lui voyais autrefois que le dimanche matin, mais jamais le soir, après l'heure de la fermeture. Je grimpai l'escalier quatre à quatre.

Ma mère se tenait debout, à côté de son vieux fauteuil, dans sa robe noire, fermée jusqu'au menton, ses cheveux d'argent coiffés de manière à dégager le front. En arrière, au-dessus des deux nattes en couronne, le large bord de son peigne se dressait, gris comme la chevelure. La ruche blanche, si familière à mon souvenir, bordait son col et les poignets de ses manches collantes. Elle leva sa vieille canne à pomme d'argent, comme pour une conjuration, elle la levait vers le ciel comme si son bras n'était pas assez grand pour un remerciement aussi chaleureux. Elle ne bougeait pas. Elle m'attendait. Immobile, elle semblait s'avancer à ma rencontre. Elle se pencha vers moi. Elle ne m'embrassa même pas sur le front. Elle me remonta le menton de ses deux doigts, si bien que je relevai la tête, et je remarquai pour la première fois qu'elle était bien plus grande que moi. Elle me considéra longuement. Puis il arriva une chose invraisemblable, effrayante, une chose incompréhensible pour moi, presque surnaturelle : ma mère me saisit la main, se courba un peu, la baisa par deux fois. Confus, je retirai vite mon manteau. Maman me dit :

– La tunique aussi, elle est trempée!

J'enlevai aussi ma tunique. Ma mère aperçut un accroc à la manche droite de ma chemise :

– Donne-moi ta chemise que je te la raccommode.

Je me défendis :

– Non, elle n'est pas propre!

Je n'aurais jamais employé chez nous les mots « sale » ou « dégoûtant ». Qu'elles revenaient donc vite à la vie mes façons cérémonieuses! Alors seulement je me sentis rentré pour tout de bon.

Je ne disais rien, je me contentais de regarder maman, je mangeais et buvais ce qu'elle avait préparé pour moi. Ce que, de toute évidence, elle s'était procuré à mon intention, par cent voies détournées. Des choses qu'on ne trouvait plus pour personne dans la Vienne d'alors : amandes salées, pain de vrai froment, deux tablettes de chocolat, une bouteille échantillon de cognac et du café authentique. Elle se mit au piano. Il était ouvert. Sans doute l'avait-elle laissé ainsi depuis plusieurs jours, depuis que je lui avais annoncé mon retour. Elle désirait probablement me jouer du Chopin. Elle savait que mon amour pour lui était un des rares goûts hérités de mon père. Les grosses bougies jaunes, consumées à demi, fichées dans les chandeliers de bronze, me révélèrent tout à coup que ma mère n'avait plus touché à son piano depuis des années. Autrefois, elle jouait tous les soirs, le soir seulement, et seulement à la lueur des bougies. Or, je voyais là les bonnes grosses bougies, pour ainsi dire gorgées de cire, des anciens temps et qui avaient certainement disparu pendant la guerre. Maman me demanda des allumettes. Il y en avait une grande boîte ordinaire sur la cheminée. Brune, grossière, elle semblait dépaysée dans la pièce à côté de la petite pendule, surmontée de la jeune fille au visage délicat. Une intruse. C'étaient des allumettes soufrées. Il fallut attendre que leur petite lueur bleue se transformât en une flamme saine et normale. Leur odeur aussi semblait une intruse. Il flottait toujours dans notre salon un parfum bien défini, mélange de violettes fanées et de café très fort, aromatique, tout frais préparé. Qu'est-ce que le soufre venait faire là-dedans?

Ma mère posa ses vieilles mains chéries sur le clavier. Je m'adossai au piano, à côté d'elle. Ses doigts blancs glissèrent sur les touches, mais aucun son ne sortit de l'instrument. Sa voix se taisait. Il était mort, tout simplement. Je n'y comprenais rien. Je frappai moi-même sur des touches, elles ne répondirent pas. C'était quelque chose de sinistre. Je soulevai le couvercle. Je vis le piano vide : les cordes manquaient.

– Mais, maman, il n'y a pas de cordes, dis-je.

– Je l'avais tout à fait oublié, me répondit-elle tout bas. Quelques jours après ton départ, j'ai été prise d'une idée bizarre. J'ai fait enlever les cordes. Je ne sais où j'avais la tête. Je ne le sais vraiment plus. Mes sens étaient troublés, mon cerveau dérangé peut-être. Je viens seulement de m'en souvenir.

Elle me regarda les yeux pleins de larmes, de ces larmes qui ne peuvent pas couler, qui ressemblent à des eaux dormantes. Je me jetai au cou de ma vieille maman. Elle me caressa la tête.

– Mais tu as les cheveux pleins de suie! s'écria-t-elle.

Elle répéta plusieurs fois de suite :

– Mais tu as les cheveux pleins de suie! Va te laver!

Au moment d'aller me coucher, je la suppliai comme autrefois, quand j'étais petit :

– Je ne veux pas encore aller au lit na! Maman, permets que je reste encore un petit peu!

Nous nous assîmes près du guéridon, devant la cheminée. Ma mère me dit :

– En débarrassant, j'ai trouvé tes cigarettes. Deux

boîtes d'Égyptiennes. Celles que tu fumais toujours. Je les ai enveloppées dans des feuilles de buvard humide. Elles sont encore toutes fraîches. Veux-tu fumer? Tu les trouveras sur le rebord de la fenêtre.

Mais oui, c'était bien mes anciens paquets de cent. J'examinai les boîtes sur toutes les faces. Sur l'un des couvercles, on pouvait encore déchiffrer, écrit de ma main : Friedl Reichner, Hohenstaufengasse. La mémoire me revint aussitôt. C'était le nom de la jolie buraliste chez laquelle j'avais évidemment acheté ces cigarettes-là. Ma vieille maman sourit :

– Qui est-ce? demanda-t-elle.

– Une gentille fille, je n'ai jamais été la revoir.

– Te voilà trop vieux à présent pour séduire des débitantes de tabac. Et d'ailleurs on ne trouve plus de cigarettes.

C'était la première fois que j'entendais ma mère s'essayer à une espèce de plaisanterie.

Le silence se rétablit un moment, puis elle me demanda :

– As-tu beaucoup souffert, mon garçon?

– Pas beaucoup, maman.

– T'es-tu ennuyé de ton Élisabeth?

Elle disait « ton Élisabeth » et non pas « ta femme ».

– Non, maman.

– Est-ce que tu l'aimes toujours?

– Tout ça est si loin, maman!

– Tu ne me demandes pas de ses nouvelles?

– J'allais le faire, maman.

– Je ne l'ai vue que très rarement, mais plus souvent ton beau-père. La dernière fois remonte à deux mois. Je l'ai trouvé assez sombre, mais plein d'espoir. La guerre lui a rapporté de l'argent. Ils te savaient prisonnier. Je crois qu'ils auraient préféré te voir sur la liste des morts ou des disparus. Élisabeth...

Je lui coupai la parole :

– Je devine, maman.

Elle s'obstinait :

– Non, tu ne peux pas deviner. Imagine ce qu'elle est devenue?

Je supposai le pire, ou ce qui pouvait passer pour tel aux yeux de ma mère :

– Danseuse? demandai-je.

Maman secoua gravement la tête, puis elle dit d'un ton triste, presque lugubre :

– Non, elle donne dans les arts décoratifs. Sais-tu en quoi ça consiste? Elle dessine, peut-être même les sculpte-t-elle, des colliers absurdes, des bagues, de ces machins modernes, anguleux, tu sais, et des broches en bois de sapin. Je crois qu'elle sait aussi tisser des tapis de paille. La dernière fois qu'elle est venue me voir, elle m'a fait une conférence, tout comme un professeur, sur l'art nègre, je crois. Un jour même, sans m'en demander la permission, elle m'a amené une amie. Une... (ma mère eut une minute d'hésitation, puis elle se décida) une créature aux cheveux coupés.

– Est-ce que tout ça est tellement grave? demandai-je.

– Plus que tu ne penses, mon garçon. Si nous nous mettons à fabriquer avec des matériaux sans valeur des choses qui ont l'air d'en avoir, où cela nous mènera-t-il? Les Noirs d'Afrique portent des coquillages, mais c'est tout autre chose. Qu'on triche, passe. Mais par-dessus le marché, ces gens-là se taillent des revenus avec leurs tricheries. Comprends-tu, mon garçon? On ne me fera pas croire que le coton est du fil et qu'on fait des couronnes de laurier avec des pommes de pin.

Ma mère débitait tout cela lentement, de sa voix calme ordinaire, mais sa figure s'empourprait.

– Aurais-tu préféré une danseuse?

Elle réfléchit un instant puis, à ma grande stupéfaction, elle me répondit :

– Certes oui, mon petit. Je n'aimerais guère avoir une danseuse pour bru, mais au moins, avec une danseuse, on sait à quoi s'en tenir. Même des mœurs plus relâchées encore se donnent franchement pour ce qu'elles sont, ne sont pas une tromperie, une tricherie. Les jeunes gens comme toi ont des relations avec les danseuses, bon, je l'admets. Mais les arts appliqués, ça veut qu'on les épouse. Saisis-tu la différence, mon garçon? Quand tu te seras remis de la guerre, tu comprendras tout seul. En tout cas, il faudra aller voir ton Élisabeth demain matin. Au fait, où habiterez-vous? Et comment organiserez-vous votre vie? Elle demeure chez son père. A quelle heure désires-tu être réveillé?

– Je ne sais pas, maman.

– Je déjeune à huit heures.

– Alors à sept heures, s'il te plaît.

– Va te coucher, mon petit! Bonne nuit!

Je lui baisai la main. Elle m'embrassa sur le front. Oui, c'était bien là ma mère. Tout se déroulait comme s'il ne s'était rien passé, comme si je ne rentrais pas tout juste de la guerre, comme si le monde n'était pas en ruine, la monarchie détruite, comme si notre vieille patrie continuait d'exister avec ses lois multiples, incompréhensibles, mais immuables, ses us et coutumes, ses tendances, ses habitudes, ses vertus et ses vices. Dans la maison maternelle, on se levait à sept heures même après quatre nuits blanches. J'étais arrivé aux environs de minuit, la pendule de la cheminée, avec son visage de jeune fille las et délicat, frappa trois coups. Trois heures de tendres épanchements suffisaient à ma mère. Lui suffisaient-elles? En tout cas, elle ne s'en accorda pas un quart d'heure de plus. Elle avait raison. Je m'endormis bientôt, dans la pensée consolante de me trouver chez nous. Au milieu d'une patrie détruite, je m'endormais dans une forteresse inexpugnable. De sa vieille canne noire, ma vieille maman écartait de moi tout ce qui aurait pu me troubler.

XXIV

La vie qui m'attendait ne m'inspirait encore de crainte d'aucune sorte. Pour employer une expression actuelle : je ne la « réalisais » pas. Je m'attachais plutôt aux petites obligations de l'heure qui passe et ressemblais à une personne qui, placée au pied d'un grand escalier qu'elle devra forcément monter, en tient la première marche pour la plus dangereuse.

Nous n'avions plus de valet de chambre, mais seulement une bonne. Le vieux concierge assumait les fonctions de domestique. Sur les neuf heures du matin, je l'envoyai chez ma femme avec des fleurs et une lettre. J'annonçai ma visite pour onze heures, ainsi que je le croyais convenable. Je me mis en toilette, comme on disait encore de mon temps. Mes costumes civils étaient en bon état. Je partis à pied. J'arrivai avec quinze minutes d'avance et attendis au café d'en face. A onze heures précises, je sonnai : « Monsieur et Mademoiselle sont sortis ! » me dit-on. Les fleurs et la lettre avaient bien été remises. Élisabeth me demandait d'aller la retrouver à son bureau de la Wollzeile. Je m'y rendis donc.

Elle y était bien, en effet. Sur la porte, une petite plaque annonçait : « Atelier Élisabeth Trotta. » La vue de mon nom me fit reculer.

– *Servus !* me dit ma femme.

Puis :

– Attends, que je te regarde!

Je me disposai à lui baiser la main, mais elle m'appuya sur le bras, ce qui suffit à me faire perdre contenance. C'était la première fois qu'une femme m'abaissait le bras, et cette femme était la mienne! Je fus pris de cette espèce de malaise que j'éprouvais toujours à la vue d'anormaux ou de mécaniques exécutant des gestes humains. Par exemple à la vue d'aliénés ou de femmes dépourvues de bas-ventre. Et pourtant, c'était bien Élisabeth. Elle portait une chemisette verte, très montante, avec un faux col et une longue régate masculine. Son visage avait toujours sa peau de pêche, je reconnaissais bien la courbure de son cou quand elle baissait la tête et le pianotement de ses doigts fins et nerveux sur la table. Elle siégeait sur une chaise de bureau en bois jaune citron. D'ailleurs tout ici était jaune citron. La table, le cadre d'un tableau, la boiserie de la grande fenêtre, et le plancher nu.

– Assieds-toi donc sur la table, me dit-elle. Prends des cigarettes. Je ne suis pas encore complètement installée.

Et elle me raconta qu'elle avait tout fait elle-même, « de ces deux mains-là », ajouta-t-elle en montrant ses jolies mains. Et le reste du mobilier arriverait dans la huitaine, avec des rideaux orange. L'orange et le citron s'harmonisaient bien. Puis quand elle eut terminé son rapport (elle parlait toujours de cette voix d'autrefois, légèrement voilée, que j'avais tant aimée), elle me demanda :

– Et toi, qu'as-tu fait tout ce temps-là?

– Je me suis laissé pousser par les événements.

– Je te remercie de tes fleurs. Dire que tu envoies des fleurs! Pourquoi n'as-tu pas téléphoné?

– Il n'y a pas de téléphone chez nous.

Elle ordonna :

– Allons, raconte!

Et elle alluma une cigarette. Elle l'alluma comme je l'ai vu faire depuis à beaucoup de femmes, la cigarette coincée dans la commissure des lèvres, avec une contorsion de la bouche qui imprime à leur visage la déformation caractéristique de cette maladie que la Faculté dénomme *facies partialis*. Et elle affichait en même temps une désinvolture certainement acquise au prix d'un grand effort. Je lui dis : ·

– Je parlerai plus tard, Élisabeth.

– Comme tu voudras. Regarde un peu mon carton.

Et elle me montra ses dessins.

– Très original! fis-je.

Il y avait des projets de toutes sortes : tapis, châles, cravates, bagues, bracelets, chandeliers, abat-jour. Le tout anguleux. Elle me demanda :

– Est-ce que tu comprends? Non! C'est vrai, comment pourrais-tu?

Et elle me regarda. Je lus de la souffrance dans ses yeux et je sentis qu'elle pensait à notre nuit de noces. Aussi eus-je tout à coup le sentiment d'une espèce de culpabilité. Mais comment l'exprimer?

La porte s'ouvrit brusquement. Quelque chose de sombre entra en coup de vent. Une jeune femme aux cheveux courts et noirs, aux grands yeux noirs, au visage bistré, un fort duvet ombrageant les lèvres écarlates et une solide denture blanche. La créature lançait dans la pièce des mots claironnants, incompréhensibles pour moi. Je me levai. Elle s'assit sur la table.

– Mon mari! dit Élisabeth.

Je ne compris que quelques minutes plus tard que c'était là Yolande. Ma femme me demandait :

– Tu ne connais pas Yolande Szatmary?

J'appris ainsi que je me trouvais en face d'une célébrité. Mieux encore qu'Élisabeth, elle s'entendait à dessiner tout ce que les arts décoratifs paraissaient réclamer de toute urgence. Je m'excusai. Ni à Wiatka, ni dans mes pérégrinations avec les prisonniers, je n'avais entendu le nom de Yolande Szatmary. Celle-ci s'informait :

– Où est le vieux ?

– Il ne va certainement pas tarder, répondit ma femme.

Le vieux, c'était mon beau-père. Il arriva bientôt, en effet. En me voyant, il poussa son « ah » coutumier et me prit dans ses bras. Il était bien portant, alerte. Il s'exclama : « *Heil !* Te voilà de retour ! » d'un ton aussi triomphant que s'il m'avait ramené lui-même. Il ajouta aussitôt :

– Tout est bien qui finit bien !

Les deux femmes pouffèrent de rire. Moi, je me sentis rougir. Il commanda :

– Allons manger !

Puis, s'adressant à moi :

– Tout ça, c'est moi qui l'ai fait ! De ces deux mains-là !

Et il montrait ses mains tandis qu'Élizabeth feignait de chercher son manteau.

On partit donc pour déjeuner. En voiture d'ailleurs. Car naturellement mon beau-père avait auto et chauffeur.

– A notre restaurant habituel ! dit-il.

Je n'osai pas lui demander quel était son restaurant habituel. Or il se trouva qu'il s'agissait de mon vieux local familier, celui où je me rendais si souvent avec mes amis. Une de ces anciennes maisons de Vienne dont les patrons connaissaient mieux leurs clients que leur personnel et ne les traitaient pas en consommateurs payants mais en hôtes sacrés.

Seulement tout avait bien changé ! Nous étions servis par de nouveaux garçons qui ne me connaissaient pas et auxquels mon beau-père distribuait force poignées de

main. Il disposait aussi de sa table attitrée. Moi, je me
sentais étranger. Plus qu'étranger même car, si la salle
m'était un lieu familier, les tentures des amies, ainsi que
la devanture, le plafond enfumé, le large poêle de faïence
vert et, sur le rebord de la fenêtre, la potiche à bordure
bleue avec ses fleurs fanées, des inconnus me servaient
et ceux à la table desquels je mangeais étaient loin, bien
loin de moi. Je ne suivais pas leur conversation. Mon
beau-père, ma femme Élisabeth, Yolande Szatmary parlaient d'expositions, ils voulaient fonder des revues, faire
poser des affiches, visaient à une action internationale...
que sais-je? « Nous te prenons dans l'affaire », me disait
mon beau-père de temps en temps. Mais je n'avais pas
la moindre idée de l'affaire dans laquelle il voulait « me
prendre ». La seule perspective même d'être « pris » dans
quelque chose m'affectait péniblement.

Quand nous eûmes fini, mon beau-père s'écria :

– Vous inscrirez ça à mon compte!

Ce fut à cet instant-là que Léopold émergea de derrière
le comptoir. Grand-père Léopold. Six ans auparavant,
nous lui donnions déjà ce nom. « Grand-papa! », m'écriai-
je, et il vint à moi. Il devait compter plus de soixante-
dix ans. Il s'approchait sur ces jambes tremblantes et
ces pieds en dehors qui sont les signes caractéristiques
des vieux garçons de café. Ses yeux clairs, pâlis, bordés
de rouge, derrière un pince-nez branlant me reconnurent
immédiatement. Déjà sa bouche édentée me souriait,
déjà ses favoris se déployaient comme des ailes blanches.
Il glissa vers moi et me prit la main, délicatement comme
on touche un oiseau. La voix s'exclamait :

– Oh! quel bonheur de vous revoir! D'en revoir au
moins un! Revenez-nous bientôt. Je me ferai un honneur
de servir Monsieur moi-même!

Puis, sans se soucier des autres consommateurs, il cria
à la patronne assise à la caisse :

– Un client! Enfin!

Mon beau-père riait.

Il me fallait parler avec lui. Maintenant je voyais d'ensemble, du moins il me le semblait, tout l'escalier qui se dressait devant moi. Il avait des marches innombrables et devenait de plus en plus raide. On pouvait évidemment quitter Élisabeth, ne plus se soucier d'elle. Mais, à ce moment-là, je n'envisageais pas du tout cette possibilité. (C'était ma femme, et aujourd'hui encore je vis dans la conviction qu'elle est toujours ma femme.) J'avais peut-être commis une faute envers elle, sûrement même. Peut-être aussi mon amour ancien, seulement à demi étouffé, me faisait-il croire que je n'obéissais qu'à la voix de ma conscience. Peut-être étais-je mû par mon désir, le désir fou de tous les jeunes gens, de tous les hommes jeunes, et qui les pousse à vouloir rendre, à n'importe quel prix, à celle qu'ils ont aimée puis oubliée, son visage d'antan. Peut-être était-ce égoïsme. Suffit. Il me fallait causer avec mon beau-père et ensuite avec Élisabeth.

Je devais retrouver mon beau-père au bar de mon ancien hôtel, où sans doute l'on ne m'avait pas oublié. Pour en être certain, j'y arrivai une demi-heure avant le rendez-vous, en manière de reconnaissance. Oui, tous vivaient encore, deux garçons étaient de retour, et le barman également. On n'avait pas oublié non plus mes quelques petites dettes. Et même cela me fit du bien! Tout était calme et doux. La lumière du ciel tombait tamisée à travers la verrière dans la salle sans fenêtres. On trouvait encore de bonnes vieilles consommations d'avant-guerre. Quand mon beau-père fut arrivé, je commandai du cognac. On m'apporta mon vieux Napoléon de naguère. « Diable d'homme! », dit-il. Il se trompait du tout au tout.

Je lui exposai qu'il s'agissait maintenant de régler ma

vie, ou plutôt *notre* vie, que je n'avais nullement l'intention de remettre à plus tard les décisions à prendre, qu'il fallait que je sache tout, et tout de suite, que j'étais un homme méthodique.

Il m'écouta tranquillement. Puis il prit la parole :

— Je vais être franc avec toi. *Primo,* j'ignore si Élisabeth serait encore disposée à vivre avec toi, c'est-à-dire si elle t'aime. Ça, c'est ton affaire, votre affaire. *Secundo,* de quoi vivras-tu ? Que sais-tu faire au juste ? Avant la guerre, tu étais un jeune homme riche, de la bonne société, je veux dire de la société à laquelle appartenait mon fiston !

Fiston ! Il parlait de mon beau-frère que je n'avais jamais pu sentir. Je l'avais tout à fait oublié. Je demandai :

— Où est-il ?

— Tombé, répondit mon beau-père.

Il se tut, vida son verre d'un seul trait :

— Tombé, en 1916...

Pour la première fois, je me sentis proche de lui, en intimité avec lui.

Il poursuivit :

— Donc tu n'as rien. Tu n'as pas de métier. Moi, je suis conseiller de commerce, et même anobli. Mais à présent ça ne signifie rien. Le ministère de la Guerre me doit encore des cents et des mille. On ne me les paiera pas. Tout ce que j'ai, c'est du crédit et un peu d'argent en banque. Je suis encore jeune. Je peux entreprendre du neuf, du grand. En ce moment, comme tu le vois, je tente la chose avec les arts décoratifs. Élisabeth a fait son apprentissage chez la fameuse Yolande Szatmary. « Ateliers Yolande », sous cette marque on pourrait expédier nos colifichets dans le monde entier. En outre, j'ai encore quelques autres cordes à mon arc !...

Ce lieu commun suffit à réveiller mon antipathie. Il le sentit bien car il me dit aussitôt :

– Vous n'avez plus d'argent. Je le sais. Toutefois Madame ta mère l'ignore encore. Je peux te faire entrer dans mes affaires si ça te chante. Mais parle d'abord à Élisabeth. *Servus!*

XXV

Donc je parlai d'abord à Élisabeth. Ce fut comme si j'exhumai quelque chose que j'avais moi-même confié à la terre. Étais-je poussé vers elle par le sentiment? Attiré par la passion? Enclin à prendre mes responsabilités de par ma naissance et mon éducation et aussi en manière de résistance à l'ordre nouveau qui régnait autour de moi et où je ne me reconnaissais pas, je me sentais contraint avant tout à mettre de l'ordre dans mes propres affaires.

A l'heure fixée, Élisabeth arriva à notre rendez-vous dans cette pâtisserie de la ville intérieure, où nous nous rencontrions jadis, au début de nos amours. Je l'attendais à notre ancienne place, envahi par le souvenir, la sentimentalité. Il me semblait que le marbre de la table devait garder encore la trace de nos mains, de ses mains. Idée enfantine, ridicule, je le savais, mais que je m'imposais de force, où j'entrais de force afin de pouvoir ajouter quelque chose de plus à mon besoin de « mettre de l'ordre dans ma vie », afin de pouvoir me donner une double justification de mon explication avec Élisabeth. J'expérimentais pour la première fois que nous ne vivons que superficiellement ce qui nous arrive, que nous sommes prompts à l'oubli et plus frivoles qu'aucune autre créa-

ture terrestre. Je craignais Élisabeth. La guerre, la captivité, Wiatka, le retour, étaient déjà presque effacés.
Tout ce que j'avais vécu, je ne le considérais plus que
par rapport à Élisabeth. Et pourtant que signifiait-elle
comparée à la perte de mes amis Joseph Branco, Manès
Reisiger, Jan Baranovitch? A la perte de ma patrie, de
mon univers? Elle n'était même pas ma femme, à la
lettre, au sens des lois civiles et religieuses. Notre divorce
eût été facile dans l'ancienne monarchie, et à plus forte
raison actuellement. Est-ce que je la désirais encore? Je
regardai l'heure de ma montre. Elle devait être là dans
cinq minutes et je souhaitais qu'elle tardât encore une
demi-heure au moins. De peur, j'avalai les petits gâteaux
à base de chicorée et de cannelle qui pouvaient bien
séduire le regard mais non tromper le palais. Il n'y avait
pas d'eau-de-vie à la pâtisserie.

Élisabeth arriva. Pas toute seule. Yolande Szatmary,
son amie, l'accompagnait. Naturellement, j'avais espéré
qu'elle serait seule. Mais en voyant Yolande Szatmary
se montrer aussi, je ne fus pas du tout étonné! Il
m'apparut clairement que, sans cette femme, Élisabeth
ne serait pas venue, n'aurait pas pu venir. Et je compris.

Je n'avais aucune espèce de préjugés. Oh! non. Dans
le monde où j'avais grandi, on considérait les préjugés
presque comme un signe de vulgarité. Néanmoins, afficher ainsi, publiquement, ce qui passait pour défendu,
me semblait trop de sans-gêne. Selon toute vraisem-
blance, Élisabeth n'aurait pas laissé venir à notre rendez-
vous une femme dont elle n'aurait pas été amoureuse.
En l'occurrence, il lui fallait obéir.

Il y avait entre les deux femmes une étrange analogie,
bien qu'elles fussent très dissemblables et de visages très
différents. Cela tenait à la similitude de leur costume et
de leur comportement. On aurait pu dire qu'elles se
ressemblaient comme deux sœurs, ou plutôt comme deux

frères. Elles eurent une hésitation toute masculine au moment d'entrer, pour savoir laquelle aurait le pas sur l'autre, et une hésitation toute masculine encore pour savoir laquelle s'assoirait la première à table. Je ne me hasardai même plus à essayer de baiser la main de l'une ou de l'autre. A leurs yeux, j'étais quelque chose de ridicule, le rejeton d'une race misérable, d'une race étrangère tenue par elles en piètre estime, et je resterais à jamais incapable d'être initié aux rites de leur caste, d'avoir part aux mystères dont elles s'instituaient les gardiennes. Je nourrissais encore l'idée infâme qu'elles appartenaient au sexe faible, voire au sexe inférieur, et je poussais l'impertinence jusqu'à exprimer cette idée par la galanterie de mes manières. Résolues, liguées, elles siégeaient en face de moi comme si je leur avais lancé un défi. Une alliance tacite mais des plus sensibles les unissait contre moi. Leur alliance crevait les yeux. Même quand je disais les choses les plus indifférentes, elles plongeaient leur regard l'un dans l'autre comme deux personnes qui savaient depuis longtemps à quelle espèce j'appartenais et de quels propos j'étais capable. Parfois l'une d'elles souriait et, une fraction de seconde après, le même sourire se dessinait sur les lèvres de l'autre. De temps en temps, je croyais remarquer qu'Élisabeth se penchait de mon côté, qu'elle essayait de m'offrir une œillade, en cachette, comme pour me prouver qu'en réalité c'était à moi qu'elle appartenait et qu'elle n'obéissait à son amie que contrainte et forcée, contre sa volonté et contre son goût. De quoi avions-nous à parler? Je m'enquis de son travail. J'entendis un exposé en règle sur l'incapacité de l'Europe à rendre justice aux matériaux, aux intentions, à la génialité du primitif. De toute nécessité, il fallait ramener le goût complètement dévoyé de l'Européen dans la voie convenable et naturelle. La parure, dans la mesure où je le compris, représentait une chose de première nécessité. Je n'en doutais pas. J'acquiesçai. J'accordai volontiers aussi que les Européens avaient le goût dévoyé. Mais ce que je ne pouvais pas comprendre, c'était en quoi la déviation du goût artistique devait être la cause unique de la ruine du monde entier. N'en était-elle pas plus sûrement la conséquence, et un simple symptôme?

Mme Yolande s'exclama :

– Symptôme! Ne te l'ai-je pas dit tout de suite, Élisabeth, que ton mari est un incurable optimiste? Ne l'ai-je pas deviné à première vue?

En prononçant ces mots, elle mit ses deux petites pattes carrées sur la main d'Élisabeth. A ce geste, les gants de Mme Yolande glissèrent de ses genoux et tombèrent par terre. Je me baissai pour les ramasser mais elle me repoussa violemment :

– Excusez-moi, fis-je, je suis vraiment un incurable optimiste!

– Vous et vos symptômes! s'écria-t-elle.

Je me rendis clairement compte qu'elle ne comprenait même pas le sens du mot.

– A huit heures, Harufax parle de la stérilisation volontaire, dit Mme Yolande. Surtout n'oublie pas, Élisabeth. Il est déjà sept heures.

– Je n'oublie pas, répondit Élisabeth.

Mme Yolande se levait, d'un coup d'œil rapide elle ordonnait à ma femme de l'accompagner.

– Excuse-moi, me dit-elle en la suivant docilement aux lavabos.

Elles restèrent absentes quelques minutes. Temps suffisant pour me rendre compte qu'en m'entêtant à vouloir « mettre de l'ordre dans ma vie » je ne faisais qu'accroître encore la confusion du monde. En effet, je ne me trouvais pas seulement entraîné personnellement dans le désordre, je contribuais encore à augmenter le désordre général.

J'en étais là de mes réflexions quand les deux jeunes femmes revinrent. Elles réglèrent l'addition. Je ne réussis même pas à appeler la serveuse. De crainte que je ne prisse les devants, portant ainsi atteinte à leur indépendance, elles avaient pour ainsi dire « appréhendé » la serveuse sur le court trajet de la caisse à la toilette. En me disant au revoir, Élisabeth me glissa dans la main un petit papier roulé. Elles disparurent. En route pour la conférence Harufax. Pour la stérilisation! Je dépliai le billet : « Dix heures, au café du Musée, toute seule! » La confusion n'en finissait pas.

Le café sentait l'acétylène, c'est-à-dire l'oignon pourri et l'équarrissage. Pas d'électricité. Rassembler mes esprits m'est extrêmement difficile au milieu d'odeurs pénétrantes. L'odeur est plus forte que le bruit. J'attendais de revoir Élisabeth dans l'hébétude, sans la moindre envie. Je n'avais plus la moindre envie non plus de mettre de l'ordre dans quoi que ce fût. On eût dit que l'acétylène m'avait convaincu définitivement de ce qu'il y avait de réellement rétrograde dans mes efforts pour « rétablir l'ordre ». Je n'attendais plus ma femme que par galanterie. Mais celle-ci ne pouvait aller au-delà de l'heure fixée par les ordonnances de police.

En vérité, cette police, contre laquelle je me révoltais d'habitude, me paraissait ce soir-là le fait d'autorités éminemment obligeantes. Elles savaient bien ce qu'elles faisaient, ces autorités. Elles nous obligeaient, nous autres, à nous dépouiller de nos qualités démodées et à corriger des erreurs fatales.

Pourtant, une demi-heure avant la fermeture, Élisabeth arrivait. Elle était bien jolie, comme elle entrait en coup de vent, un peu comme une biche poursuivie, dans son court manteau de castor, ses cheveux et ses longs cils poudrés de neige, des gouttelettes de neige fondue sur les joues. On aurait dit que, chassée du bois, elle venait se réfugier auprès de moi.

Elle parla :

– J'ai raconté à Yolande que papa est malade.

Déjà les larmes lui montaient aux yeux. Elle se mit à sangloter. Oui, malgré le col et la cravate d'allure masculine, visibles dans l'échancrure du manteau, Élisabeth sanglotait. Doucement je lui pris et lui baisai la main. Elle n'avait plus envie de peser sur mon bras. Le garçon s'approchait d'un air endormi. Seules deux lampes à acétylène brûlaient encore. Je pensais que ma femme allait commander une liqueur mais elle désira une paire de saucisses avec du raifort. « Les larmes donnent de l'appétit aux femmes », me dis-je. En outre, le raifort expliquait les yeux rouges. Je fus pris de tendresse. Cet attendrissement des mâles, traître, funeste. Je la saisis par les épaules. Elle se renversa sur son dossier, tout en trempant d'une main sa saucisse dans le raifort. Les pleurs continuaient de couler, mais ils n'avaient pas plus de signification que les gouttes de neige fondue sur le manteau de castor.

– Je suis ta femme, n'est-ce pas? dit-elle dans un soupir, mais le soupir ressemblait à un cri de joie.

Brusquement elle se redressa. Elle commanda une nouvelle paire de saucisses au raifort avec de la bière.

Comme on éteignait aussi l'avant-dernière lampe, il fallut songer à quitter le café. Devant la porte, Élisabeth me dit :

– Yolande m'attend.

– Je t'accompagne, répondis-je.

Nous allions côte à côte en silence. Il tombait une neige paresseuse, pour ainsi dire pourrie de paresse. Les réverbères, paresseux aussi, refusaient le service. Avares hargneux, ils n'abritaient dans leurs cages de verre qu'un petit grain de lumière. Ils n'éclairaient pas les rues, ils en accusaient l'obscurité.

Comme nous atteignions la maison de Mme Yolande Szatmary, Élisabeth me dit :

– C'est là, au revoir.

Je pris congé d'elle. Je lui demandai quand je pourrais venir la retrouver, me préparai à m'en retourner. Tout à coup elle tendit ses deux mains vers moi en gémissant :

– Ne m'abandonne pas... Je vais avec toi.

Je la pris donc avec moi. Impossible de l'emmener dans aucune de ces maisons d'autrefois où j'étais encore connu peut-être. Nous errions comme deux orphelins dans la grande ville sombre et orpheline. Élisabeth se cramponnait à mon bras. Je sentais les palpitations de son cœur à travers la fourrure. Parfois nous nous arrêtions sous l'un des rares réverbères. Alors mon regard s'attachait à son visage mouillé. De larmes? De neige? Je l'ignorais.

Sans trop savoir comment, nous étions arrivés sur le quai François-Joseph. Sans trop savoir comment, nous nous engageâmes sur le pont de l'Augarten. La même neige informe et paresseuse continuait de tomber et nous n'échangions pas une parole. Nous aperçûmes une toute petite étoile de lumière sur une maison de l'Untere Augartenstrasse. Nous savions tous les deux ce qu'elle nous annonçait. Nous nous dirigeâmes vers l'étoile.

Le papier de tenture était d'un vert arsenic, comme toujours. Il n'y avait pas d'éclairage. Le portier alluma une bougie, fit tomber quelques gouttelettes de cire fondue sur la table de nuit et y colla le lumignon. Un essuie-main pendait au-dessus de la cuvette. Au milieu d'une couronne verte et bien ronde, on pouvait lire les mots *Grüss Gott* [1], brodés en coton rouge sang.

---

1. Bonjour ou bonsoir. Salut habituel en Autriche.

Ce fut dans cette chambre, dans cette nuit que j'aimai Élisabeth. Elle me disait :

– Je suis prisonnière. Yolande m'a faite prisonnière. Je n'aurais pas dû te quitter à Baden, quand Jacques est mort.

Je lui répondais :

– Tu n'es pas prisonnière. Tu es près de moi. Tu es ma femme.

Je cherchais à découvrir tous les secrets de son corps. Et son corps en avait beaucoup. Un orgueil juvénile – que je tenais alors pour viril – m'ordonnait d'effacer toutes les traces laissées par Yolande. Était-ce orgueil? Était-ce jalousie?

Lentement, la lueur du matin hivernal rampa sur le papier vert arsenic. Élisabeth me réveilla. Je vis son regard fixé sur moi et je crus voir une étrangère. C'était de l'effroi que je lisais dans ses yeux. De l'effroi et des reproches. Sa cravate sévère, gris argent, pendait sur le dos du fauteuil comme une petite épée. Elle m'embrassa sur les paupières, puis elle sursauta en criant : « Yolande! »

Nous nous habillâmes en toute hâte, en proie à une honte indicible. Le petit matin nous faisait frissonner. Il tombait un grésil très fin. Nous avions un long chemin à faire. Les tramways ne marchaient pas encore. Après avoir trotté une heure, la figure fouettée par la pluie grenue, nous arrivâmes devant la maison d'Élisabeth. Elle retira ses gants, sa main était froide. « Au revoir », lui criai-je pendant qu'elle s'éloignait. Elle ne se retourna pas.

XXVI

Il était huit heures du matin. Comme d'habitude ma mère prenait déjà son petit déjeuner. Le rite de notre rencontre matinale se déroula ainsi que de coutume : « Bonjour, maman! » Mais la réponse de ce jour-là me surprit : « *Servus* mon garçon! » Depuis longtemps je n'avais plus entendu ce salut de potache franchir les lèvres maternelles. A quand la dernière fois pouvait-elle bien remonter? A dix, quinze ans peut-être, alors que j'allais encore au lycée et qu'il ne m'était donné qu'aux vacances de déjeuner à notre table. En ce temps-là, maman le faisait suivre parfois d'une innocente plaisanterie qui lui semblait probablement très piquante, elle me demandait : « On est donc bien mal sur les bancs de l'école? » Un jour j'eus l'audace de riposter : « Oui, maman! » Défense me fut faite de paraître à notre table pendant trois jours.

Ce matin-là elle alla jusqu'à se plaindre des confitures :

– Je me demande où ils peuvent bien dénicher une pareille quantité de rutabagas? Ils disent que c'est sain, que le d...!

Elle s'interrompit. Elle ne prononçait jamais un juron jusqu'au bout. J'avalai les rutabagas, la margarine, mon café. Il était bon. Je découvris que notre bonne le prenait pour moi dans une cafetière spéciale. Je compris que ma pauvre vieille maman avait conservé à mon intention le bon café Meinl obtenu à force d'ingéniosité, et qu'elle se contentait pour elle-même d'une décoction de chicorée. Mais je devais feindre de l'ignorer, ma mère ne tolérait pas qu'on perçât à jour ses petites ruses stratégiques. Il fallait faire l'aveugle, sa vanité était telle qu'elle en serait devenue vindicative.

Elle commença sans préambule :

– Alors, tu as rencontré ton Élisabeth. Je le sais. Ton beau-père est venu me voir hier. Pour peu que je m'en donne la peine, je le comprends parfaitement. Il est resté environ deux heures. Il m'a raconté que tu as causé avec lui. Je lui ai dit que je pourrais apprendre la nouvelle de ta bouche, mais ça ne l'a pas arrêté! J'ai donc été informée que tu veux mettre de l'ordre dans ta vie. Qu'en dit Élisabeth?

– Nous nous sommes rencontrés.

– Où? Pourquoi pas ici?

– Ce n'était pas prémédité, maman. Il était trop tard.

– Il veut donc t'adjoindre à quelqu'une de ses affaires. Tu n'as pas de métier. Tu ne peux pas nourrir une femme. Je ne sais pas dans quoi il a l'intention de te faire entrer, en tout cas il faudra que tu fournisses un apport et nous sommes sans argent. Tout est placé en emprunts de guerre. Par conséquent perdu. Comme la guerre. Il nous reste cette maison. Il pense qu'il serait possible de l'hypothéquer. Tu pourrais en parler à notre notaire, Me Kiniower. Mais où travailleras-tu? Et à quoi? Comprends-tu quelque chose à ces arts décoratifs? Ton beau-père paraît très au courant. Sa conférence a été encore plus détaillée que celle de ton Élisabeth. Et cette dame professeur, cette Yolande Keczkemet, quel genre de femme est-ce?

– Szatmary, maman.

Ma mère acquiesça :

– Szekely, soit, je n'y vois pas d'inconvénient.

– Elle a les cheveux coupés, maman, et je ne peux pas la souffrir.

– Et... Élisabeth est son amie?

– Son amie très tendre.

– Très tendre, dis-tu?

– Oui, maman.

– Oh! alors mon garçon n'insiste pas. Ces amitiés-là je les connais de ouï-dire. Ça me suffit. J'ai pas mal lu, mon petit! Tu ne te doutes pas combien j'en sais, de choses! Un amant aurait mieux valu. Les femmes, à peine si on peut s'en débarrasser. Et depuis quand y a-t-il des femmes professeurs? Et quelle science professe-t-elle cette Keczkemet?

Je la repris :

– Szatmary, maman.

– Lakatos, soit, dit ma mère après un temps de réflexion. Donc qu'as-tu l'intention de faire contre un professeur femelle? Un boxeur, un acteur, passe encore, ce serait tout autre chose.

Que je l'avais peu connue, ma mère! La vieille dame, qui ne se rendait qu'une fois par semaine au Stadtpark pour « prendre l'air » pendant deux heures et qui, pour le même motif, ne se faisait conduire en fiacre qu'une seule fois par mois au Prater, était instruite de ce qu'on appelle communément des « inversions ». Quel ne devait pas être l'objet de ses réflexions, de ses méditations pendant les longues heures solitaires qu'elle passait dans la lumière tamisée de son appartement, à cheminer d'une pièce à l'autre, appuyée sur sa canne noire, isolée et riche d'expérience, ingénue et renseignée, étrangère au monde mais avec la compréhension du monde. Pourtant il fallait prendre la défense d'Élisabeth, sans cela qu'est-ce que ma mère irait s'imaginer? C'était ma femme, je venais de sortir de ses bras, je sentais encore au creux de mes mains la fraîcheur lisse de ses jeunes seins, je respirais encore l'odeur de son corps, l'image de sa figure aux yeux mi-clos par le plaisir se reflétait encore en mes propres yeux, sa bouche scellait encore mes lèvres. Il fallait prendre sa défense et, tout en la défendant, je me reprenais à l'aimer.

— Cette dame professeur ne peut rien contre moi, dis-je, je suis sûr de l'amour d'Élisabeth, hier par exemple...

Ma mère ne me laissa pas achever, elle me coupa la parole :

— Et aujourd'hui? Aujourd'hui, elle est partie retrouver cette professeur Halasky!

— Szatmary, maman.

— Les noms de ce genre ne m'intéressent pas, mon garçon, tu le sais bien, ne me reprends donc pas constamment. Si tu penses vivre avec Élisabeth, il faut que tu pourvoies à son entretien. Donc, comme ton beau-père le dit, il faudra hypothéquer notre maison. Ensuite il faudra entrer dans une affaire quelconque, toujours aux dires de ton beau-père. Pourquoi ai-je parlé de notre maison? Cette maison est à toi. Ensuite, la dame professeur, au nom impossible, devra se contenter de fabriquer du faux corail avec des pommes de pin... Dieu le veuille! A l'entresol, il nous reste un appartement libre, quatre pièces je crois, le concierge est au courant. J'ai encore quelque chose en banque, je vais partager avec toi, demande combien à Me Kiniower. Nous pourrons faire cuisine commune. Est-ce qu'Élisabeth s'entend à cuisiner?

— Je ne crois pas, maman.

— Autrefois je savais, je m'en souviendrai bien. Le principal, c'est que tu puisses vivre avec Élisabeth. Et elle avec toi.

Elle ne disait plus *ton* Élisabeth. J'y vis un signe tout particulier de clémence maternelle.

— Va faire un tour en ville, mon petit. Va voir tes amis. Peut-être vivent-ils encore? Qu'est-ce que tu en dis? Si tu allais faire un tour en ville?

— Oui, maman, répondis-je.

Et je partis trouver Stellmacher au ministère de la Guerre afin d'obtenir des nouvelles de mes amis. Stellmacher devait toujours être là. Quand bien même le ministère de la Guerre ne serait plus qu'un secrétariat d'État, Stellmacher n'en aurait certainement pas bougé. Et je l'y rencontrai en effet, vieux, grisonnant, voûté, assis à son ancienne table de travail, dans son ancien bureau. Mais en civil, dans un costume bizarre, trop large, qui lui flottait sur le corps et qui était retourné par-dessus le marché! De temps en temps, il passait deux doigts entre son cou et son faux col. La toile empesée le gênait. Ses manchettes le gênaient. Il les cognait constamment contre le rebord de la table pour les faire rentrer dans ses manches. Il me parut à peu près renseigné : Chojnicki vivait toujours, il habitait Auf der Wieden; Dworak, Szechenyi, Hallersberg, Lichtenthal, Strohhofer faisaient leur partie d'échecs quotidienne au café Josefinum de la Währingerstrasse; Stejskal, Halasz et Grünberger avaient disparu. Je me rendis tout d'abord chez Chojnicki.

Il se tenait dans son vieux salon, dans son vieil appartement. A peine si je le reconnus car il s'était fait raser la moustache! Pour quelle raison? Je le lui demandai :

– C'est afin de ressembler à mon laquais, me répondit-il. Je suis mon propre domestique. Je m'ouvre moi-même la porte. Je cire moi-même mes souliers. Quand j'ai besoin de quelque chose, je sonne et j'entre moi-même dans la pièce : « Que désire monsieur le comte? – Des cigarettes! » Alors je m'envoie au débit de tabac. Pour ce qui est de manger, je peux encore le faire gratis, chez la vieille. (C'était ainsi que dans notre cercle on désignait Mme Sacher [1].) Du vin, on m'en donne toujours chez le gros. (C'était ainsi que dans notre cercle on désignait

1. Propriétaire d'un restaurant viennois renommé.

Lautgartner de Hietzing.) Quant à Xandl, il est au Steinhof... fou...

Le rapport de Chojnicki se termina sur ces tristes mots.

– Fou ?

– Totalement. Je vais le voir toutes les semaines. Le crocodile (Sapieha, oncle des frères Chojnicki) a confisqué ses biens. C'est le curateur de Xandl. Moi, je n'ai pas le droit de protester. Cet appartement est saisi. Je n'en dispose plus que pour trois semaines. Et toi, Trotta ?

– Moi, je vais hypothéquer notre maison. Je me suis marié, tu sais. Il faut que je fasse vivre ma femme.

– Oh ! marié, s'écria Chojnicki. Moi aussi, je suis marié. Mais ma femme est en Pologne. Dieu veuille l'y faire vivre longtemps en bonne santé ! J'ai pris la décision de m'en remettre de toute chose au Tout-Puissant. C'est lui qui a trempé ma soupe, la soupe de la ruine, je me refuse à l'avaler.

Il se tut un moment, puis il donna un coup de poing sur la table en clamant :

– C'est vous qui êtes cause de tout, vous autres, espèce de... (il cherchait un mot, enfin il lui en vint un à l'esprit) espèce de racaille. Avec vos sottes plaisanteries de café, vous avez démoli l'État. Mon Xandl ne cessait de le prédire. Vous vous refusiez à voir les crétins des Alpes, les Sudètes de Bohême, tous ces Nibelungen, abrutis, offenser et insulter nos nationalités, tant et si bien qu'elles ont fini par prendre la monarchie en haine et par la trahir. Les traîtres ce ne sont pas nos Tchèques, nos Serbes, nos Polonais, nos Ruthènes, mais les seuls Teutons, la nationalité officielle.

Je protestai :

– Mais je suis d'une famille slovène, moi !

– Pardonne-moi, dit-il doucement. Que n'ai-je un Teuton sous la patte. (Il éclata :) Amenez-moi un Teuton,

que je l'étrangle! On va en chercher un! Viens avec moi.
Allons au Josefinum.

Nous y trouvâmes Dworak, Szechenyi, Hallersberg,
Lichtenthal et Strohhofer, encore en uniforme pour la
plupart. Ils appartenaient tous à la vieille société. Les
titres de noblesse étaient abolis, mais qu'est-ce que ça
pouvait bien faire?

– Celui qui ne me connaît pas par mon petit nom,
disait Szechenyi, n'a pas reçu une bonne éducation.

Ils jouaient aux échecs, infatigablement.

– Où est-il le Sudète? cria Chojnicki.

– Présent! répondit le Sudète.

C'était un drôle, le papa Kunz, ancien social-démo-
crate, rédacteur en chef du journal du parti et prêt en
tout temps à démontrer, preuves historiques à l'appui,
que les Autrichiens, à proprement parler, étaient des
Allemands.

– Prouvez-le! cria Szechenyi.

Papa Kunz commanda un double *sliwowitz* et s'attela
à sa démonstration. Personne ne l'écoutait.

– Dieu châtie les Sudètes! clama tout à coup Chojnicki
qui venait de perdre une partie.

Il quitta sa chaise et, les deux poings levés, courut
sus à papa Kunz. On le retint, sa bouche écumait, ses
yeux s'injectaient de sang.

– Espèce de Markomans, de têtes carrées! hurla-t-il
enfin.

Après quoi, ayant atteint le comble de la rage, il se
calma à vue d'œil.

Je ne me sentais pas d'aise, j'étais rentré dans mes
foyers. Nous avions tous perdu notre position, notre rang,
notre maison, notre argent, notre valeur, notre passé,
notre présent, notre avenir. Chaque matin en nous levant,
chaque nuit en nous couchant, nous maudissions la mort
qui nous avait invités en vain à son énorme fête. Et

141

chacun de nous enviait ceux qui étaient tombés au champ
d'honneur. Ils reposaient sous la terre. Au printemps
prochain, leurs dépouilles donneraient naissance aux violettes. Mais nous, c'est à jamais inféconds que nous
étions revenus de la guerre, les reins paralysés, race
vouée à la mort, que la mort avait dédaignée. La décision
irrévocable de son conseil de révision macabre se for-
mulait ainsi : impropre à la mort.

XXVII

Nous nous habituions tous à l'inhabituel. On s'y accou-
tumait promptement, sans le savoir pour ainsi dire. On
se hâtait de s'adapter, on s'acharnait à poursuivre ce
qu'on détestait, ce qu'on avait en horreur. Nous commen-
cions même à aimer notre désespoir, comme on s'attache
à des ennemis fidèles. Nous nous terrions véritablement
dans ce désespoir, nous lui étions reconnaissants d'engloutir nos petits ennuis personnels, nos ennuis particuliers, à ce désespoir sans borne auquel aucune consolation
ne pouvait tenir tête, mais auquel ne pouvait tenir tête
non plus aucun de nos petits soucis quotidiens. A mon
avis, la soumission effroyable des générations actuelles
à un joug plus effroyable encore n'est compréhensible et
pardonnable que si l'on considère qu'il est dans la nature
humaine de préférer au chagrin particulier la calamité
générale qui dévore tout. Une grande calamité submerge
rapidement les petits embêtements, la poisse, si je puis
m'exprimer ainsi. Et voilà pourquoi, en ces années-là,
nous chérissions notre immense désespoir.

Oh! cela ne veut pas dire que nous étions incapables
d'en sauver encore quelques petites joies, de les lui

acheter, de les lui soutirer par la flatterie ou par la force. Il nous arrivait souvent de plaisanter, de rire. Nous dépensions de l'argent qui, en vérité, ne nous appartenait plus guère, mais qui n'avait plus guère de valeur non plus. Nous prêtions et empruntions, recevions des cadeaux et en faisions, nous contractions des dettes et remboursions les dettes des autres. C'est probablement ainsi que les gens vivront un jour, à la veille du Jugement dernier, extrayant du miel de plantes vénéneuses, louant comme dispensateur de vie un soleil en train de s'éteindre, embrassant comme mère de la fécondité une terre en train de se dessécher.

Le printemps approchait. Printemps de Vienne qu'aucune rengaine pleurnicheuse ne put jamais gâter. Pas une seule des chansons devenues populaires ne possède des accents aussi émouvants que le flûteau d'un merle au Votivpark ou au Volksgarten. Aucun couplet rimé n'a de paroles aussi fortes que l'appel engageant, bien que rauque et grossier, d'un bonimenteur qui fait la parade en avril, devant une baraque du Prater. Qui peut chanter l'or tendre des cytises, tentant vainement de se dissimuler dans le vert clair des buissons voisins ? Le doux parfum du sureau s'exhalait déjà, promesse de fête. Dans le Wienerwald, les violettes bleuissaient. Les couples s'unissaient. Dans notre café habituel, nous faisions de l'esprit, nous jouions aux échecs, au toton, aux tarots. Nous perdions et gagnions un argent sans valeur.

Pour ma mère, le printemps signifiait qu'à partir du 15 avril elle faisait sa promenade en voiture au Prater deux fois par mois et non plus une seule comme en hiver. Le nombre des fiacres était réduit. Les chevaux mouraient de faiblesse sénile. On en abattait aussi beaucoup pour les manger sous forme de saucisson. On pouvait voir, dans les remises de l'ancienne armée, les pièces détachées des anciens fiacres démontés, de ces voitures aux roues caoutchoutées, dans lesquelles les Tschirschky, les Pallavicini, les Sternberg, les Esterhazy, les Dietrichstein, les Trautmannsdorff circulaient jadis. Ma mère, prudente par nature, et que l'âge avait rendue plus prudente encore, s'était entendue avec l'un des derniers cochers de fiacre. Il venait la prendre ponctuellement deux fois par mois, à neuf heures du matin. Il m'arrivait d'accompagner maman, surtout les jours de pluie. Elle n'aimait pas à se trouver seule sous les intempéries et pour elle une simple averse en était déjà une. Nous ne parlions guère, dans l'ombre paisible et bienfaisante de la capote baissée.

– Monsieur Xavier, disait ma mère au cocher, racontez-moi quelque chose.

Il se tournait vers nous, laissait les chevaux trotter quelques minutes à leur guise et nous tenait des propos de toutes sortes. Son fils, jeune homme instruit, revenu de la guerre, était communiste militant. Xavier nous déclarait :

– Mon garçon est d'avis que le capitalisme est fichu ! C'est une bonne tête. Il sait ce qu'il veut, mais il ne comprend goutte à mes chevaux !

– Suis-je capitaliste, moi aussi ? demandait ma mère.

– Bien sûr. Tous ceux qui vivent sans travailler sont des capitalistes.

– Et les mendiants ?

– Ils ne travaillent pas, mais ils ne se font pas conduire en voiture au Praterspitz, comme vous, Madame, répondit M. Xavier.

– Jacobin ! dit maman, en s'adressant à moi.

Elle croyait s'être exprimée dans le dialecte des « possédants », mais le cocher comprit. Il se retourna vers nous :

– Non, c'est mon fils qui est jacobin.

Là-dessus, il fit claquer son fouet. Ce fut comme s'il

claquait des mains pour s'applaudir lui-même de sa culture historique.

De jour en jour d'ailleurs, ma mère devenait de plus en plus injuste, particulièrement depuis que j'avais pris l'hypothèque sur notre maison. Arts décoratifs, Élisabeth, dame professeur, cheveux coupés, Tchèques, sociaux-démocrates, jacobins, Juifs, viande en conserve, papier-monnaie, papiers en Bourse, beau-père, toutes ces choses-là excitaient son mépris et son animosité. Pour plus de simplification, notre notaire, Me Kiniower, vieil ami de mon père, s'appelait « le Juif », notre bonne « la Jacobine », notre concierge « le Sans-Culotte », et Mme Yolande Szatmary « Keczkemet » tout simplement.

Un nouveau personnage fit son apparition dans notre vie, un certain Kurt von Stettenheim, arrivé tout droit de la Marche de Brandebourg et résolu à répandre à tout prix l'industrie des arts appliqués dans le vaste monde. Il avait l'apparence d'un de ces individus que l'on qualifie actuellement de « bien racés ». On entend par là une mixture de champion international de tennis, de gentilhomme campagnard dont le terroir reste à fixer, avec un soupçon d'océanique ou de courtier maritime. L'espèce nous arrive tout droit de la Baltique, de Poméranie, voire de la lande de Lunebourg. Nous étions relativement favorisés vu que M. von Stettenheim ne venait que du Brandebourg.

Il était grand, musclé, blond, taché de son. Son front portait l'inévitable cicatrice, marque distinctive des Borusses [1], le port du monocle lui était si peu naturel qu'on ne pouvait que le trouver naturel. Trop coquet pour chausser des lunettes, il m'arrive parfois à moi-même de me servir d'un monocle, pour ma commodité.

1. Membres d'une association d'étudiants qui pratiquent habituellement le duel à la rapière (Borussia = la Prusse).

Mais il y a des figures baltes ou brandebourgeoises dans lesquelles le monocle fait l'effet d'un troisième œil, non pas d'une aide à l'œil naturel mais de son masque en verre. Quand M. von Stettenheim vissait son monocle dans son orbite, il ressemblait à Mme le professeur Yolande Szatmary quand elle allumait une cigarette. Lorsque M. von Stettenheim causait, ou quand il s'échauffait, la marque de Caïn qu'il portait sur le front devenait rouge sang. Mais l'homme s'échauffait en vain, car les termes dont il se servait contrastaient étrangement avec son excitation. Il disait par exemple : « Donc, je peux bien vous le dire, j'en suis resté baba. » Ou encore : « Comme je dis toujours, il ne faut jamais désespérer. » Ou encore : « Je parie dix contre un et j'en mettrais ma main au feu », etc., etc. Évidemment notre hypothèque n'avait pas suffi et M. von Stettenheim promit de s'intéresser pour une forte somme à l'Atelier Élisabeth Trotta. Mon beau-père nous réunit plusieurs fois. Il avait fini par me prendre dans son commerce d'arts appliqués, à cause de l'hypothèque précisément. Il fallait donc tout au moins me présenter à notre troisième associé. A peine avions-nous échangé nos deux premières phrases que M. von Stettenheim s'écriait :

– Je connais un comte von Trotta.

– Vous devez vous tromper, répondis-je, il n'existe que des Trotta baronisés, et à condition encore qu'ils ne soient pas tous morts.

– Mais oui, je m'en souviens, il était baron, le vieux colonel!

– Vous faites encore erreur, mon oncle est préfet.

– Vous me voyez au regret... (et sa cicatrice s'empourpra).

M. von Stettenheim eut l'idée d'adopter comme raison sociale : « Les Ateliers Yolande. » Et c'est sous ce nom que notre maison fut inscrite au registre du commerce.

Toutes les fois que j'allais au bureau, je trouvais Élisabeth s'acharnant au travail. Elle dessinait des choses incompréhensibles comme par exemple des étoiles à neuf branches sur les faces d'un octaèdre, ou une main à dix doigts qui, exécutée en fil d'archal, s'intitulait « Porte-bonheur Krishnamurti », ou un taureau rouge sur fond noir nommé « Apis », un bateau à trois rameurs baptisé « Salamine » et un bracelet-serpent appelé « Cléopâtre ».

Les idées appartenaient au professeur Yolande Szatmary qui les dictait à Élisabeth. Au reste, il régnait entre nous une amabilité de convention, pétrie de sentiments ténébreux, grosse de haine, et qui servait de base à une jalousie mutuelle. Élisabeth m'aimait, j'en étais certain, Mme Yolande Szatmary l'effrayait. Elle lui inspirait une de ces peurs que la médecine moderne réussit bien à définir mais non à expliquer. Depuis que M. von Stettenheim était entré dans les Ateliers Yolande en qualité de troisième associé, mon beau-père et la dame professeur me considéraient comme un gêneur, un obstacle sur la route des arts décoratifs, incapable de toute activité utile et absolument indigne d'être initié aux projets artistiques et commerciaux de notre maison. On voyait exclusivement en moi le mari d'Élisabeth.

M. von Stettenheim rédigea des prospectus dans toutes les langues du monde et les envoya dans toutes les directions du monde. Et moins il obtenait de réponses, plus son zèle s'échauffait. Les nouveaux rideaux arrivèrent à la suite de deux chaises jaune citron zébrées de noir, puis deux lampes pourvues d'abat-jour à six pans en papier du Japon, et une carte géographique en parchemin sur laquelle des épingles marquaient tous les pays et toutes les villes de la terre. Absolument tous, y compris ceux que notre firme ne fournissait pas.

Les soirs où j'allais chercher Élisabeth, nous ne parlions ni de Stettenheim, ni de Mme Yolande Szatmary, ni des arts appliqués. C'était une entente entre nous. Nous vivions des nuits de printemps saturées de douceur. Aucun doute : Élisabeth m'aimait.

Moi, j'avais de la patience. J'attendais. J'attendais l'instant où elle me dirait d'elle-même qu'elle voulait vivre tout à fait chez nous. Notre appartement de l'entresol était prêt. Jamais maman ne me questionnait sur les intentions d'Élisabeth. De temps en temps seulement elle laissait tomber une petite phrase comme : « Aussitôt que vous aurez emménagé » ou « Quand vous habiterez chez moi » ou autre chose du même genre.

On s'aperçut à la fin de l'été que les Ateliers Yolande ne rapportaient rien du tout. En outre, mon beau-père jouait de malheur avec les « autres cordes de son arc ». Il avait spéculé sur le mark par l'entremise de M. von Stettenheim, et le mark dégringolait. Je devais prendre sur notre maison une deuxième hypothèque bien plus forte que la première. J'en touchai un mot à ma mère. Elle ne voulut pas en entendre parler. Je rapportai la réponse à mon beau-père :

– Tu es un incapable, je m'en suis toujours douté, me dit-il. J'irai moi-même.

Il n'y alla pas tout seul mais avec M. von Stettenheim. Ma mère qui avait peur et même horreur des étrangers me demanda d'attendre. Je restai donc chez nous.

Alors il arriva une chose stupéfiante : M. von Stettenheim plut à maman. Je crus même remarquer, pendant les négociations qui se déroulaient au salon, qu'elle ébauchait vers lui de petites inclinaisons du buste comme pour mieux entendre son luxe de clichés superflus. « Charmant », disait-elle. Et à plusieurs reprises, elle ponctua de ces « charmant » les propos les plus insignifiants de M. von Stettenheim. Il faisait, lui aussi, une conférence sur les arts décoratifs en général et sur les productions des Ateliers Yolande en particulier. Et ma bonne vieille maman, qui n'en sut certainement pas plus long sur les arts décoratifs après le cours de M. von Stettenheim qu'après celui d'Élisabeth, ne cessait de répéter : « Je comprends, maintenant, je comprends. »

M. von Stettenheim eut le bon goût de déclarer :

– L'œuf de Christophe Colomb, madame.

Et docilement, comme un écho, maman répéta :

– L'œuf de Christophe Colomb! Nous allons prendre une deuxième hypothèque.

Notre notaire, Me Kiniower, commença par faire des difficultés.

– Je vous avertis, me dit-il, l'affaire n'a aucune chance de succès. Votre beau-père n'a pas le sou, je le sais. J'ai pris mes renseignements. Ce M. von Stettenheim vit d'emprunts que vous garantissez vous-mêmes. Il prétend avoir des intérêts à Berlin, dans le Tattersaal du Jardin zoologique. Or mon confrère de Berlin m'informe que c'est faux. Aussi vrai que j'ai été l'ami de feu votre père, je vous dis la pure vérité. Le professeur Yolande Szatmary n'est pas plus professeur que moi. Elle n'a jamais fourré les pieds dans aucune faculté de Vienne ou de Budapest. Je vous mets en garde, monsieur Trotta, je vous mets en garde.

Les petits yeux noirs du « Juif » larmoyaient derrière son pince-nez de guingois. Une moitié de sa moustache pointait vers le haut, l'autre s'abaissait lamentablement. Ce qui exprimait en quelque sorte la dualité de sa nature. Après un long et sombre discours sur ma ruine inévitable, il était capable de conclure tout à coup en criant : « Mais tout finira bien quand même! Dieu est un père! » Cette phrase, il la répétait, en effet, à propos de toute affaire embrouillée. Ce petit-fils d'Abraham, héritier d'une bénédiction et d'une malédiction, frivole en tant qu'Autrichien, mélancolique en tant que Juif, sentimental mais exclusivement jusqu'à la limite où le sentiment commence à constituer un danger, clairvoyant malgré son lorgnon branlant et de biais, m'était devenu à la longue aussi cher qu'un frère. Il m'arrivait souvent d'entrer dans son étude, sans raison, sans nécessité. Il gardait sur son bureau les photographies de ses deux fils. L'aîné avait été tué à la guerre. Le second faisait sa médecine.

– Il a la tête farcie de hautes visées sociales, disait le vieux Doktor Kiniower, combien un remède contre le cancer serait plus important! Je crains bien d'en être atteint moi-même, là, dans les reins. Puisque mon fils fait tant qu'étudier la médecine, il devrait bien penser à son vieux père, au lieu de vouloir sauver le monde. Assez de sauveurs comme ça! Mais vous aussi, est-ce que vous ne vouliez pas sauver les arts appliqués? Et votre maman a voulu sauver la patrie. Elle a placé intégralement sa grosse fortune en emprunts de guerre. Il ne lui reste plus qu'une assurance dérisoire sur la vie. Votre mère s'imagine probablement que cela lui assurera une vieillesse heureuse, c'est tout au plus si elle pourrait en vivre deux mois, et bien juste encore. Vous n'avez pas de profession. Vous n'en trouverez pas non plus. Si vous ne commencez pas à gagner quelque argent, ce sera la ruine. Je vais vous donner un conseil : vous possédez une maison, ouvrez une pension de famille. Tâchez de faire comprendre ça à votre maman. Cette hypothèque ne sera pas la dernière, il en faudra une troisième, une quatrième. Croyez-moi. Dieu est un père!

M. von Stettenheim venait souvent voir ma mère. Il ne s'annonçait que rarement d'avance. Maman lui réservait toujours un accueil cordial, quelquefois même enthousiaste. C'était avec stupéfaction, avec tristesse, que je voyais cette vieille dame difficile et sévère accepter, approuver, louer et vanter avec une gaieté indulgente les plaisanteries grossières, les lieux communs, les gestes

agaçants de cet individu. M. von Stettenheim avait l'habitude de plier le bras avec une brusquerie effrayante
pour amener sa main gauche à hauteur d'yeux, afin de
regarder l'heure à son bracelet-montre. Il me semblait
toujours qu'il donnait un coup de coude à un voisin de
gauche heureusement absent. Quand il buvait son café,
il levait le petit doigt en l'air comme une gouvernante.
Et il portait justement à ce doigt-là une grosse chevalière
à ses armes. Des armes qui ressemblaient à un insecte.
Il parlait de la voix gutturale de certains Prussiens, voix
qui semble sortir du fond d'une cheminée plutôt que
d'un gosier, et qui transforme en paroles creuses jusqu'aux choses importantes qu'il leur arrive d'exprimer
de temps à autre.

Et voilà de quel homme ma bonne vieille maman
s'était entichée! Un homme qu'elle disait « charmant »!...

XXVIII

Mais moi aussi, il m'avait peu à peu séduit sans que
je m'en fusse aperçu au début. C'est que j'avais besoin
de lui, et j'avais besoin de lui tout simplement à cause
de ma mère. Il établissait la liaison entre notre maison
et Élisabeth. A la longue, il me devenait impossible de
tenir entre ces deux femmes, voire ces trois femmes, en
comptant la dame professeur. Depuis que M. von Stettenheim avait gagné l'étonnante sympathie de maman,
Élisabeth venait quelquefois chez nous. Ma mère avait
seulement donné à entendre qu'elle ne désirait pas voir
Mme Yolande. Du reste, celle-ci s'éloignait visiblement
d'Élisabeth. Et cela encore, c'était un des mérites de
M. von Stettenheim et qui lui valait mes bonnes grâces.

Je m'accoutumais à ses allures inattendues (qui d'ailleurs m'effrayaient de plus en plus rarement), à sa voix, toujours deux ou trois fois plus forte que ne le demandait l'espace où il parlait. On aurait dit qu'il ignorait absolument qu'il existe des pièces de différent volume, notamment des chambres à coucher et des halls de gare. Dans le salon de ma mère, il pérorait de cette voix trop élevée de plusieurs tons et trop précipitée dont certaines personnes simples usent au téléphone. Dans la rue, il hurlait positivement. Et comme il n'employait jamais que des expressions creuses, elles résonnaient doublement creux. Je m'étonnai longtemps que maman pût supporter et, à plus forte raison, trouver « charmante » la voix de M. von Stettenheim, elle à qui tout bruit un peu violent ou inutile, toute musique de rue, même les concerts en plein vent, causaient une véritable souffrance physique. Je devais découvrir la raison de cette indulgence, au bout de quelques mois, par hasard.

Un soir je rentrai chez nous à une heure inaccoutumée. Je cherchai maman pour lui souhaiter bonne nuit. La bonne me dit qu'elle se trouvait dans la bibliothèque. La porte de communication avec le salon était ouverte, je n'eus pas à frapper. Maman ne parut pas entendre mon bonsoir. Je la crus assoupie sur son livre. Elle me tournait le dos, le visage vers la fenêtre. Je m'approchai d'elle. Elle ne dormait pas, mais lisait, était même en train de feuilleter son livre au moment où j'arrivai près d'elle. Je répétai : « Bonsoir, maman. » Elle ne leva pas les yeux. Je la touchai. Elle sursauta :

– Comment, toi ? A cette heure ?

– Je ne fais qu'un saut, maman. Je viens chercher l'adresse de Stiasny.

– Il y a longtemps qu'il n'a pas donné signe de vie. Je crois qu'il est mort.

Or le docteur Stiasny était un médecin légiste du

même âge que moi, ma mère m'avait certainement mal compris. Je lui dis :

– C'est de Stiasny que je parle.

– Mais oui, je crois qu'il est mort il y a deux ans. Il avait déjà au moins quatre-vingts ans.

– Ah! mort, dis-je.

Je savais à présent que maman était dure d'oreille. Si elle possédait la force mystérieuse de dissimuler son infirmité aux heures où elle nous attendait chez elle, moi et d'autres, c'était uniquement grâce à une discipline extraordinaire et qu'on ne nous avait plus inculquée dès l'enfance à nous autres, les jeunes. Pendant ses longs moments d'attente, elle se préparait à entendre. Elle devait bien savoir que l'âge lui avait assené un de ses coups. « Bientôt, me dis-je, elle sera tout à fait sourde, comme son piano sans cordes! » Oui, au moment où, dans un accès de dérangement cérébral, elle avait fait enlever les cordes, peut-être pressentait-elle déjà la surdité menaçante et craignait-elle vaguement de ne plus distinguer exactement les sons. De tous les coups que la vieillesse pouvait lui porter, celui-ci devait être le plus pénible pour maman, véritable enfant de la musique. Elle me semblait en ce moment d'une grandeur hors nature, je la voyais se perdre dans les lointains d'un autre siècle, celui d'une noblesse héroïque depuis longtemps disparue. Car il est héroïque et noble de cacher et de nier ses infirmités. Voilà donc pourquoi elle appréciait la compagnie de M. von Stettenheim. C'était évidemment lui qu'elle entendait le mieux et elle lui en avait de la reconnaissance. Ses banalités ne la fatiguaient pas.

Je pris congé d'elle. J'allai chercher l'adresse de Stiasny dans ma chambre.

– Puis-je venir à huit heures, maman? demandai-je mais en forçant déjà la voix.

J'avais parlé trop haut.

– Depuis quand cries-tu comme ça? me demandat-elle. Viens donc, nous avons des *Kirschknödel,* mais à la farine de blé, naturellement [1].

Je m'efforçai de refouler l'idée de la pension de famille. Ma mère, tenir une pension! Quelle idée absurde, absurde! Son infirmité ajoutait encore à sa dignité. Peut-être que déjà elle n'entendait plus le choc de sa propre canne sur le plancher, pas même le bruit de ses propres pas. Je comprenais pourquoi elle traitait avec tant d'indulgence notre bonne, une grosse blonde, lourdaude, brave fille un peu simple des faubourgs, et qui faisait le train dans la maison. Ma mère, avoir des pensionnaires! Notre demeure retentissant du tintement des innombrables sonnettes, qui dès aujourd'hui me perçaient d'autant plus le tympan qu'elle serait moins capable d'en percevoir toute l'insolence. J'avais pour ainsi dire à les entendre pour deux, à en être froissé pour deux. Mais de quelle autre manière pourrait-on se tirer d'affaire? Me Kiniower avait raison. L'industrie des arts décoratifs engloutissait hypothèque sur hypothèque.

Maman ne s'en inquiétait pas. C'était donc à moi que la responsabilité incombait, comme on a coutume de dire. Moi, prendre des responsabilités! Impossible. Non par lâcheté, mais par pure incapacité. Je ne craignais pas la mort, mais un bureau, un notaire, un postier me faisaient peur. Je ne savais pas compter mais tout juste faire une addition en cas de nécessité. Une multiplication me donnait déjà bien du tracas. Moi, prendre des responsabilités!

Cependant M. von Stettenheim, oiseau au vol lourd, vivait dans l'insouciance. Il était toujours en fonds,

---

1. Beignets aux cerises, habituellement à la fécule de pomme de terre.

n'empruntait jamais, invitait au contraire tous mes amis.
A vrai dire, nous ne l'aimions pas. Quand il faisait
soudain irruption dans notre café, nous nous taisions
tous. De plus il avait l'habitude de se montrer chaque
semaine flanqué d'une femme nouvelle. Il en ramassait
partout, et de toute espèce : danseuses, caissières, cou-
turières, modistes, cuisinières. Il faisait des excursions,
se payait des costumes, jouait au tennis, montait à cheval
au Prater. Un beau soir, comme je rentrais chez nous,
je le croisai sur notre seuil. Il avait l'air pressé, sa voiture
l'attendait. « Il faut que je m'en aille », me dit-il, en se
jetant dans l'auto.

Je trouvai Élisabeth auprès de maman. Visiblement,
elle était venue avec M. von Stettenheim. Je flairai quelque
chose d'étranger dans notre logis, comme une odeur extraordinaire, inaccoutumée. Il avait dû se passer quelque
événement inattendu pendant mon absence. Au moment
où j'entrai, les deux femmes causaient ensemble, mais
elles s'entretenaient sur un ton forcé qui me révéla aussitôt
qu'elles ne parlaient que pour me donner le change.

Je dis :

– Je viens de rencontrer M. von Stettenheim à la porte.

– Oui, répondit Élisabeth, il est venu m'accompagner.
Il a passé un quart d'heure avec nous.

– Il a du souci, le pauvre, me confia ma mère.

Je demandai :

– Il a besoin de fonds?

– C'est justement ça, reprit Élisabeth. Aujourd'hui, il
y a eu une scène chez nous. Pour te dire toute la vérité,
Yolande a réclamé de l'argent. Il a fallu lui en donner.
C'est la première fois qu'elle en demande. Elle est en
train de divorcer. Donc, Stettenheim avait un besoin
urgent de cette somme. Papa lui a dit qu'il avait des
paiements à faire ces jours-ci. J'ai amené Stettenheim à
maman, elle lui a donné la somme.

– En espèces?
– Un chèque.
– De combien?
– Dix mille.

Je savais que maman n'avait plus à la banque Efrussi que cinquante mille couronnes sans valeur, et dont la valeur baissait journellement. C'était « le Juif » qui m'avait mis au courant.

Alors je fis une chose que je n'aurais jamais osée autrefois, je me mis à arpenter le salon de long en large, sous le regard sévère et apeuré de maman. Pour la première fois de ma vie, j'osai hausser le ton en sa présence. Je criai presque, en tout cas, je me laissai aller à la violence. La rancune si longtemps accumulée contre Stettenheim, contre Yolande, contre mon beau-père, fut plus forte que moi, et aussi ma rancune contre moi-même qui m'étais laissé enjôler. A tout cela se mêlait également une certaine humeur contre ma mère et la jalousie à l'égard de Stettenheim. Pour la première fois, j'eus l'audace d'employer en présence de maman des termes prohibés et qui n'avaient droit de cité qu'au mess. Je hurlai :

– Cochon de Prussien!

J'en restai épouvanté moi-même.

Je m'en permis davantage encore. J'interdis à ma mère de signer de nouveaux chèques sans mon autorisation. J'interdis du même coup à Élisabeth d'amener à maman de nouveaux tapeurs.

– Des individus sortis on ne sait d'où! dis-je textuellement.

Et comme je me connaissais bien, comme je me savais incapable d'exprimer plus d'une fois en trois ans ma volonté, ainsi que mon horreur des gens et des choses, voire mon opinion sincère sur eux, je me mis intentionnellement dans une rage encore plus grande. Je vociférai :

– Et je ne veux plus voir non plus la dame professeur! Et je ne veux plus entendre parler d'arts décoratifs! Et pour que tout rentre dans l'ordre, Élisabeth, tu vas t'installer ici! Avec moi!

Maman fixait sur moi de grands yeux tristes. Mon explosion de colère lui causait évidemment autant d'effroi que de plaisir.

– Son père, dit-elle, était parfois comme un ouragan. En se fâchant il a brisé haut comme ça d'assiettes! Haut comme ça!

Et elle écartait les bras pour donner une idée du tas de vaisselle cassée par papa. Elle poursuivit :

– Ça le prenait tous les six mois, comme une maladie. Tout particulièrement l'été, quand on faisait les malles pour aller à Ischl. Il ne pouvait pas supporter ça. Ni le petit non plus, ajouta-t-elle bien qu'elle ne m'observât guère à l'époque où l'on avait coutume de faire les bagages.

J'aurais voulu la prendre dans mes bras, la pauvre vieille que la surdité envahissait lentement. Bah! ça n'en valait que mieux. Elle ne percevait plus les bruits du présent, elle entendait ceux du passé, par exemple le fracas de la vaisselle brisée par mon père dans ses colères. Elle commençait aussi à perdre la mémoire comme il arrive aux vieillards qui deviennent sourds. Et c'était un bien. Que la nature est charitable! Les infirmités qu'elle dispense au grand âge sont une grâce qu'elle lui fait. Quand nous vieillissons, elle nous gratifie de l'oubli, de la surdité, de la cécité, elle trouble aussi légèrement notre cerveau, à la veille de la mort. Elles sont rafraîchissantes et bienfaisantes, les ombres dont la mort se fait précéder.

XXIX

Comme bien des gens de son espèce, mon beau-père avait spéculé sur la chute du franc français. Ce fut une mauvaise spéculation. De toutes les « cordes qu'il avait à son arc », il ne lui en restait pas une seule. Les Ateliers Yolande ne rapportaient plus rien non plus. Tout le mobilier jaune citron restait sans effet. Tous les « projets » de Mme Yolande Szatmary s'avéraient vains. Les croquis incompréhensibles de ma femme étaient sans valeur.

Mon beau-père, toujours prompt, se désintéressa totalement des arts décoratifs. Son intérêt fut soudain attiré par les journaux, par « la chose journalistique » ainsi qu'on commençait à dire en Autriche, à l'imitation de l'Allemagne. Il s'emballa sur la *Montags-Zeitung*. Il voulut m'y faire entrer, moi aussi. Il donnait des « tuyaux » de Bourse, comme on dit. Ça rapportait. Quant à nous, défalcation faite des hypothèques, il ne nous restait plus qu'un tiers à peine de notre maison. Au moment où la nouvelle monnaie fut instaurée, on s'aperçut que le dépôt de maman, à la banque Efrussi, représentait à peine quelques pauvres milliers de schillings.

Le premier qui disparut de notre horizon fut M. von Stettenheim. Il prit la « poudre d'escampette » pour employer une des façons de parler qu'il affectionnait. Il n'envoya même pas de lettre d'adieu mais se contenta de télégraphier : « Rendez-vous urgent. Reviendrai. » Ce fut Mme Yolande Szatmary qui tint le plus longtemps. Il y avait déjà des semaines que le fameux atelier au mobilier jaune citron était loué à la firme Irak qui faisait commerce de tapis d'Orient. Il y avait déjà des semaines que mon beau-père se préparait à vendre sa maison à la ville de Vienne. La moitié du monde s'était transformée, mais la dame professeur ne bougeait pas de l'hôtel Régina, son domicile. Elle se montrait résolue à ne rien changer à ses habitudes, mœurs et usages. Elle continuait de travailler à ses « projets ». Son divorce avait été prononcé, son mari lui versait une rente mensuelle. Elle parlait souvent de son départ pour San Francisco. Les terres lointaines l'attiraient. A son avis, l'Europe était « fichue ». Cependant elle ne s'en allait pas. Elle s'incrustait. Elle m'apparaissait dans mes cauchemars comme une espèce de créature infernale destinée à détruire la vie d'Élisabeth et ma propre vie. Pourquoi s'entêtait-elle à rester ? A travailler à ses projets ? Pourquoi Élisabeth allait-elle la voir régulièrement tous les jours à son hôtel ? Était-ce seulement pour chercher ces projets superflus, à jamais inutilisables ?

Un jour ma femme me fit des confidences :

– Je suis prise comme au piège. Je t'aime, mais cette créature ne veut pas me lâcher. Je ne sais ce qui la tient.

– Allons en parler à maman, répondis-je.

Nous rentrâmes chez nous, dans notre maison.

Il était déjà tard, mais ma mère veillait encore.

Je lui dis :

– Maman, j'ai amené Élisabeth.

– Bien, elle n'a qu'à rester ici.

Ce fut ma première nuit avec ma femme, dans ma chambre, sous notre toit. Ce fut comme si la maison paternelle ajoutait elle-même à notre amour, le bénissait. Je garderai toujours le souvenir de cette nuit-là, une vraie nuit de noces, la seule de ma vie. A moitié endormie, Élisabeth balbutia : « Je veux un enfant de toi. » Je considérai ces mots comme une parole de tendresse banale. Mais le matin, en se réveillant – et elle se réveilla la première –, elle me prit par le cou et me déclara d'un ton objectif, d'une objectivité presque blessante :

– Je suis ta femme, je veux être enceinte de toi, je veux quitter Yolande, elle me dégoûte, je veux un enfant.

A partir de ce matin-là, Élisabeth demeura chez nous. Il arriva encore un billet d'adieu très bref de la dame professeur. Elle ne partait pas pour San Francisco comme elle en avait menacé, mais pour Budapest où elle devait être bien à sa place. De temps en temps, ma mère demandait :

– Où niche-t-elle donc, cette Mme Keczkemet?

– A Budapest, maman.

– Oh! elle finira bien par en revenir.

La prophétie devait se réaliser.

A présent nous demeurions tous ensemble dans la même maison et les choses marchaient assez bien. Maman me fit même le plaisir de renoncer à ses façons de parler hargneuses. Elle ne disait plus « le Juif » mais Me Kiniower, comme autrefois. Lui, il s'entêtait dans son idée : il fallait ouvrir une pension de famille. Il appartenait à la catégorie de personnes dites pratiques qui ne peuvent pas renoncer à une idée dite productive, même quand il s'agit de gens incapables de l'exécuter. Il était « réaliste », ce qui signifie qu'il montrait une obstination qu'on ne prête généralement qu'aux seuls fantasques. Il ne voyait plus que l'utilité de son projet et vivait dans la conviction que tous les hommes, quels qu'ils soient, sont également à même de mener à bien l'exécution des projets utiles. La chose se présentait à peu près pour nous comme si un ébéniste par exemple entreprenait de construire des meubles commodes sans tenir compte de la dimension des maisons, des portes, des pièces. On ouvrit donc une pension. Me Kiniower s'employa à nous en obtenir la licence avec le zèle d'un inventeur passionné qui s'ingénie à faire breveter une de ses découvertes. Il me disait :

– Vous qui avez tant d'amis! Vous disposez en tout de douze chambres à louer. Il reste deux pièces pour Madame votre mère et quatre pour vous et votre femme. Il ne vous faut qu'une bonne de plus, le téléphone, huit lits et des sonnettes.

Et avant qu'on eût eu le temps de s'en apercevoir, il nous procura la bonne, le téléphone, les lits en location et les électriciens. Il s'agissait aussi de trouver les pensionnaires. Chojnicki, Stejskal, Halasz, Grünberger, Dworak, Szechenyi, Hallersberg, Lichtenthal, Strohhofer, tous, ils avaient pour ainsi dire perdu leur toit. Je les amenai dans notre pension.

Le baron Hallersberg fut seul à payer d'avance. Fils d'un gros fabricant de sucre de Moravie, il pratiquait un luxe éminemment étranger à notre groupe, celui de la ponctualité. Il n'empruntait et ne prêtait jamais rien. Irréprochablement brossé, repassé, soigné de sa personne, il vivait parmi nous, dans notre intimité, toléré par nous à cause de son absence totale d'humour. Il lui arrivait de dire par exemple : « Notre fabrique passe par des temps difficiles. » Et, *illico,* il attrapait un morceau de papier et un crayon pour mettre en chiffres les embarras de son père. Il attendait aussi de nous que nous arborions des mines soucieuses, plaisir que nous lui accordions volontiers. Puis il concluait habituellement par ces mots : « Il faut que je réduise mes dépenses. »

Il les réduisit donc dans notre pension. Il payait promptement et d'avance. Les dettes, les factures, lui faisaient peur. « Ça s'accumule », disait-il volontiers. Et il nous méprisait de permettre à nos dettes de s'accumuler, tout en nous enviant notre facilité à les laisser s'accumuler. Chojnicki était le plus expert de nous en cette matière, aussi excitait-il au plus haut point l'envie de Hallersberg.

A ma grande surprise, notre pension mettait ma mère dans le ravissement. Assister aux allées et venues des électriciens en salopette bleue, entendre le timbre aigu des sonnettes et les joyeux éclats de voix, tout cela l'amusait visiblement. Il lui semblait qu'elle reprenait sa vie par le commencement, qu'elle la recommençait, pour ainsi dire, sur de nouvelles bases. D'un pas alerte, sur une canne qui cognait gaiement, elle visitait les chambres, montait et descendait les trois étages de notre maison. Sa voix sonnait haut et clair. Jamais je ne l'avais vue comme ça.

Le soir, il lui arrivait de s'endormir dans son fauteuil, sa canne à ses pieds comme un chien fidèle.

Mais la pension « marchait », comme disait Mᵉ Kiniower.

.

XXX

Maintenant je couchais sous notre toit, aux côtés de ma femme. Bientôt preuve fut faite qu'elle avait un goût très prononcé pour ce qu'on appelle « le ménage » et la manie de l'ordre, de la propreté, comme bon nombre de femmes, d'ailleurs. Ce fatal penchant s'accompagnait aussi de jalousie. J'appris alors pourquoi les épouses aiment mieux leur maison et leur appartement que leur mari. C'est leur façon, à nos épouses, de préparer avant tout le nid de leur progéniture. Avec une perfidie inconsciente, elles commencent par enchevêtrer l'homme dans un réseau inextricable de petits devoirs quotidiens dont il ne pourra plus jamais se dépêtrer. Je couchais donc dans notre maison aux côtés d'Élisabeth. C'était ma maison. Elle était ma femme.

En vérité, le lit conjugal devient une maison secrète, au beau milieu de la maison visible, ouverte. Et la femme qui nous y attend a notre amour tout simplement parce qu'elle est là, présente. Elle est là, présente à toute heure de la nuit, quel que soit le moment où l'on rentre. Par conséquent, on l'aime. On aime ce qui est sûr, on aime tout particulièrement ce qui nous attend, ce qui se montre patient.

Nous avions maintenant chez nous dix appareils téléphoniques et environ une douzaine de sonnettes. Une demi-douzaine d'ouvriers en bleu travaillaient à l'installation d'eau. C'était Me Kiniower qui nous faisait toutes les avances d'argent pour la transformation de notre maison. Il y avait longtemps que ma mère ne voyait plus en lui « le Juif » pur et simple. Il était monté au grade de « brave homme ».

En automne, il nous arriva une visite inattendue : celle de mon cousin Joseph Branco. Il fit son entrée exactement comme le matin où il était venu pour la première fois. Et ce fut comme s'il n'était rien arrivé dans l'intervalle, comme si nous n'avions pas subi de guerre mondiale, comme s'il n'avait pas été en captivité avec Manès Reisiger, d'abord chez Baranovitch, puis dans un camp de prisonniers, ce fut comme si notre pays ne s'était pas désagrégé, que mon cousin, le marchand de marrons, apparut. Il se trouvait à Vienne, avec ses sacs et son mulet, noir de cheveux et de moustache, basané de figure et doré comme le soleil. Comme tous les ans, comme si rien au monde n'avait changé, Joseph Branco venait vendre ses marrons grillés. Son fils se portait bien. Il allait à l'école de Dubrovnik. Le ménage de sa sœur marchait. Par extraordinaire, son beau-frère n'avait pas été tué. Ils avaient deux enfants, deux petits garçons, deux jumeaux qui, en manière de simplification, s'appelaient Branco tous les deux.

Je demandai :

– Et qu'est-ce qui est arrivé à Manès Reisiger?

– Ah! ça, c'est une autre affaire! répondit mon cousin, il est là, en bas, qui attend, il n'a pas voulu monter avec moi.

Je courus le chercher. Je ne le reconnus pas immédiatement. Sa barbe était grise et hirsute. Il ressemblait à l'hiver, tel qu'il est figuré dans les vieux livres de contes. Je lui demandai pourquoi il n'était pas monté tout de suite. Il me répondit :

– Voilà déjà un an que je désirais vous voir, mon lieutenant. Je suis bien retourné en Pologne, à Zlotogrod. Je désirais redevenir le cocher de fiacre Manès Reisiger. Mais qu'est-ce que le monde, qu'est-ce qu'une petite ville, un homme, et même un cocher de fiacre, au regard du Seigneur? Dieu a semé la confusion dans le monde, il a anéanti Zlotogrod. Les crocus et les pâquerettes poussent à présent sur l'ancien emplacement de nos maisons. Et ma femme aussi a péri. Déchirée par un obus, comme tant d'autres là-bas. Je suis donc revenu à Vienne. Au moins j'y ai mon fils, Éphraïm.

Ah oui! Son fils Éphraïm! je me le rappelais bien, le petit prodige, et comment Chojnicki l'avait fait entrer au conservatoire. Je demandai à Manès Reisiger :

– Et que devient-il?

Le vieux cocher me répondit :

– Mon Éphraïm est un génie. Il ne fait plus de musique. Il prétend qu'il n'en a plus besoin. Il est communiste. Rédacteur à la *Rote Fahne* [1]. Il écrit des articles épatants. Les voilà.

Nous allâmes dans ma chambre. Le cocher portait

---

1. Le *Drapeau rouge*, journal communiste.

dans sa poche tous les articles de son génie de fils. Ça faisait un paquet imposant. Il me demanda de les lui lire. Je les lui lus à haute voix l'un après l'autre. Élisabeth vint nous retrouver. Un peu plus tard, tous mes amis les pensionnaires se réunissaient chez moi, comme tous les jours, pour le café de l'après-midi. Manès Reisiger me confia :

– A vrai dire, je n'ai pas le droit de rester à Vienne, j'ai mon ordre d'expulsion.

Sa barbe eut l'air de s'étaler orgueilleusement, son visage s'illumina.

– Mais mon fils m'a procuré un faux passeport. Tenez!

Il me montra son faux passeport autrichien, se lissa la barbe et lança autour de lui un regard de fierté en claironnant :

– Illégal!

Puis il reprit :

– Éphraïm n'a plus besoin de sa musique. Quand la Révolution viendra, il sera ministre.

Il était aussi convaincu de la venue de la révolution mondiale que du fait que chaque semaine avait son dimanche imprimé en rouge sur le calendrier.

– Cette année, dit mon cousin Joseph Branco, les marrons n'ont pas réussi. Il y en a un tas de véreux. Je vends davantage de pommes cuites.

– Au fait, comment vous en êtes-vous tirés? demandai-je.

Ce fut Manès Reisiger qui me répondit :

– Avec l'aide de Dieu. On a eu la veine de descendre un caporal russe. Joseph Branco lui a donné un croc-en-jambe et lui a fracassé le crâne à coups de pierre. Moi j'ai pris son fusil, j'ai mis son uniforme et j'ai conduit Joseph Branco jusqu'à Shmerinka. Là, il y avait l'armée d'occupation. Joseph s'est présenté tout de suite. Il lui a encore fallu se battre. Moi, je suis resté chez un brave homme de Juif. En civil. Branco avait l'adresse. Quand la guerre a été finie, il est venu me retrouver.

– Splendide armée! s'écria Chojnicki, qui venait d'entrer dans ma chambre. Et que devient votre fils, le musicien?

– Plus besoin de musique, il fait la révolution.

– Nous en avons déjà un certain nombre comme ça, dit Chojnicki. Surtout n'allez pas croire que j'y voie la moindre objection. Seulement, les révolutions d'aujourd'hui ont un défaut : elles ratent. Il aurait peut-être mieux valu pour votre garçon de s'en tenir à sa musique.

– A présent, il faut un visa spécial pour chaque pays, reprit Joseph Branco. Je n'ai jamais rien vu de pareil de ma vie. Chaque année, je pouvais vendre n'importe où, en Bohême, en Moravie, en Silésie, en Galicie... (et il énuméra les pays de la Couronne que nous avions perdus). Maintenant tout est défendu. Et dire que j'ai un passeport! Un passeport en règle, avec ma photo!

Il le sortit de sa poche, le leva en l'air pour le montrer à tout le monde. Chojnicki prit la parole :

– Vous voyez, ce n'est là qu'un simple marchand de marrons, mais quel métier symbolique de l'ancienne monarchie! Cet homme exerçait son commerce partout, dans la moitié de l'Europe, peut-on dire. Et partout où l'on mangeait ses marrons grillés, c'était l'Autriche, partout François-Joseph régnait. A présent plus de marrons sans visa. Quel monde! Je me fiche de votre pension! Je pars pour l'asile de Steinhof, je vais retrouver mon frère!

Ma mère arrivait. On entendait les coups secs de sa canne sur les marches de l'escalier. Elle jugeait convenable de se montrer tous les après-midi dans ma chambre, à cinq heures précises. Jusqu'à présent aucun pensionnaire n'avait réglé son compte. Chojnicki un jour, Stechenyi un autre, avaient bien fait une timide tentative pour l'obtenir, mais maman leur avait répondu que les notes étaient l'affaire du concierge. Chose inexacte d'ailleurs puisque la charge en revenait à Élisabeth. Elle touchait de l'argent de celui-ci ou de celui-là, au petit bonheur, et faisait face à nos dépenses au petit bonheur. Les sonnettes tintaient toute la journée. Nos deux bonnes cavalcadaient dans l'escalier. Nous avions du crédit dans tout le quartier.

Ma mère était heureuse des timbres qu'elle pouvait encore entendre, du tapage de nos pensionnaires et du crédit dont jouissait notre maison. La pauvre vieille dame ne se doutait pas que cette maison ne lui appartenait plus du tout. Elle la croyait toujours sienne parce que le silence se faisait chez moi quand elle y descendait, avec ses cheveux blancs et sa canne noire. Ce jour-là elle reconnut Joseph Branco et salua également son ami Manès Reisiger. D'une façon générale, elle était devenue sociable depuis que nous avions ouvert notre pension. Elle aurait souhaité la bienvenue même à des personnes absolument étrangères. Sa surdité empirait de plus en plus. Et l'infirmité semblait aussi détruire lentement sa raison, non parce qu'elle en était tourmentée mais parce qu'elle affectait de n'en être pas gênée, parce qu'elle en niait l'existence.

XXXI

Au mois d'avril de l'année suivante, Élisabeth accoucha. Elle ne mit pas son enfant au monde dans une clinique car maman voulut, demanda, ordonna qu'elle fît ses couches chez nous.

Cet enfant, c'était moi qui l'avais engendré. Je l'avais

voulu, commandé. Élisabeth, elle, l'avait désiré. Alors j'étais encore amoureux, jaloux. Je m'imaginais pouvoir chasser Mme Yolande Szatmary de la mémoire de ma femme, pouvoir effacer son souvenir en lui donnant un enfant, preuve tangible de ma supériorité. La dame professeur en fut oubliée, effacée, mais moi aussi, le « vieux Trotta », je m'en trouvai à demi oublié, à demi effacé.

Je n'étais plus Trotta, mais le père de mon fils. Je le fis baptiser sous les noms de François-Joseph-Eugène.

Je puis affirmer que je me suis tout à fait transformé à partir du moment où mon fils a vu le jour. Chojnicki et tous les amis habitant notre pension m'attendaient dans ma chambre à l'entresol, aussi émus que s'ils avaient été en train de devenir pères eux-mêmes. L'enfant naquit à quatre heures du matin. Ce fut maman qui me l'annonça.

Mon fils : un vilain petit être tout rouge, à la tête trop grosse et dont les membres faisaient penser à des nageoires! Cette créature vivante criait sans discontinuer. Mais je donnai instantanément mon amour au petit bout d'homme né de moi, sans pouvoir même me défendre contre le facile orgueil d'avoir engendré un fils et non une fille. Pour m'en assurer, je me penchai sur son sexe minuscule, semblable à une mince virgule rougeâtre. Aucun doute, c'était mon fils. Aucun doute, j'étais son père.

Il y a eu des millions, des milliards de pères depuis que le monde existe. Je n'étais qu'un père entre des milliards, néanmoins au moment où il me fut donné de prendre mon fils dans mes bras, je ressentis quelque chose comme un pâle reflet de la félicité sublime qui dut être celle du Créateur, au sixième jour de la Genèse, quand il vit achevée son œuvre pourtant imparfaite. En tenant dans mes mains la vilaine petite chose vagissante et rougeaude, je sentis nettement un changement s'opérer en moi. Si petite, vilaine et rougeaude que fût cette chose, il n'en émanait pas moins une force ineffable. Plus encore, c'était comme si j'avais emmagasiné dans ce pauvre petit corps mou toute ma propre force, comme si je me tenais moi-même entre mes mains, comme si je tenais entre mes mains le meilleur de moi-même.

L'instinct de la maternité chez les femmes ne connaît pas de bornes. Ma mère accueillit le petit-fils qui venait d'arriver au monde comme si elle l'avait porté elle-même dans ses flancs. Et elle fit bénéficier Élisabeth du reste d'affection dont elle disposait encore. Ma femme n'était devenue sa fille qu'à partir du moment où elle avait reçu un enfant de moi. A vrai dire, pour maman, elle ne devait jamais être plus que la mère de son petit-fils.

On eût pu croire qu'elle n'avait attendu que ce petit-fils pour se préparer à mourir. Elle commença à s'éteindre lentement, de même qu'elle avait vécu lentement, si je puis m'exprimer ainsi. Un certain après-midi, elle ne descendit pas comme d'habitude dans notre entresol. L'une de nos bonnes vint nous dire qu'elle souffrait de maux de tête. Mais ce n'était pas un mal de tête ordinaire. Maman avait été frappée d'une attaque. Elle resta paralysée du côté droit.

Elle vécut ainsi pendant plusieurs années, fardeau chéri de nous tous, fidèlement choyé par nous tous. Chaque matin, je me félicitais de la trouver encore en vie. Ce n'était qu'une vieille femme, sa vie tenait à si peu de chose!

Tous les jours, on lui portait mon fils, son petit-enfant. Elle ne pouvait balbutier qu'un seul mot : petit. Elle était paralysée du côté droit...

XXXII

Maman resta pour moi un fardeau chéri, fidèlement choyé. Je n'avais jamais éprouvé de ma vie le moindre penchant pour une profession quelconque. Enfin, j'avais trouvé deux métiers, celui de fils et celui de père. Je restais assis durant des heures à côté de la malade. Il fallut prendre un infirmier. La pauvre vieille était lourde. On devait la transporter tous les jours dans la salle, à table. Le seul fait de l'asseoir représentait déjà tout un travail. Quelquefois aussi elle désirait qu'on promenât sa petite voiture dans les chambres. Elle voulait voir et entendre. Depuis sa maladie, il lui semblait qu'elle négligeait bien des choses, qu'elle négligeait tout. Son œil droit était à demi fermé. Quand elle ouvrait la bouche, on eût dit qu'un crampon de fer retenait la moitié de sa lèvre supérieure. Du reste elle ne pouvait prononcer que des mots isolés, des substantifs pour la plupart. Elle donnait l'impression de ménager jalousement le vocabulaire dont elle disposait encore.

Aussitôt que je quittais maman, je rejoignais mon fils dans sa chambre. Élisabeth, la mère dévouée des premiers mois, s'éloignait peu à peu de son enfant. Je l'avais baptisé François-Joseph-Eugène, elle l'appelait Jéni. Elle commençait à quitter fréquemment la maison sans motif. J'ignorais où elle allait. Je ne m'en informais pas non plus. « Elle s'en va! Bah! qu'elle s'en aille si ça lui chante! » J'allais jusqu'à trouver plus d'agrément à rester seul avec le petit. « Jéni! » lui criais-je et je voyais rayonner sa bonne figure ronde et brune. J'étais mordu par la jalousie. L'avoir engendré ne me suffisait plus.

J'aurais voulu l'avoir porté et mis au monde. Il trottait dans la pièce, vif comme un furet. Homme déjà et encore petit animal. Encore angelot. Je le voyais se transformer de jour en jour, d'heure en heure. Ses boucles brunes s'épaississaient, ses grands yeux gris clair prenaient de l'éclat, les cils devenaient plus fournis et plus longs, les menottes elles-mêmes acquéraient une physionomie propre, les petits doigts s'amincissaient en se fortifiant. Les lèvres remuaient avec de plus en plus d'ardeur et la petite langue s'essayait à parler de plus en plus vite, de plus en plus distinctement. Je vis percer les premières quenottes, j'entendis le premier rire intentionnel de Jéni. C'est en ma présence qu'il avait fait ses premiers pas vers la fenêtre, vers le soleil, avec un élan soudain, comme frappé d'une inspiration subite, comme s'il obéissait plutôt à la contrainte d'une idée qu'à un instinct physiologique. Dieu lui-même venait de lui inculquer la notion que l'homme a la faculté de marcher debout sur ses deux jambes. Et voilà que mon fils marchait debout sur ses deux jambes.

Longtemps j'ignorai où Élisabeth passait des heures, des journées quelquefois. Elle me parlait d'une amie, d'une couturière, d'un club de bridge. Nos pensionnaires payaient peu et rarement, Hallersberg excepté. Quand, par quelque hasard, Chojnicki recevait de l'argent de Pologne, il versait aussitôt le dû de deux ou trois locataires. Nous jouissions dans le quartier d'un crédit illimité. Moi, je n'entendais rien aux comptes. Élisabeth prétendait qu'elle tenait les livres. Mais un jour, en son absence, le boucher, le boulanger, l'épicier et d'autres fournisseurs vinrent me présenter leurs factures. Je ne disposais que de mon argent de poche. Avant de sortir, ma femme avait coutume de me laisser quelque monnaie.

Il nous arrivait de rester plusieurs jours sans nous voir. Je fréquentais le café Wimmerl avec quelques amis. Chojnicki considérait comme l'un de ses devoirs de lire les journaux et de faire des exposés sur les événements. Tous les dimanches, il allait voir son frère à l'asile de Steinhof. Il lui parlait politique et nous faisait le récit de ses visites :

– En ce qui concerne les affaires privées, mon pauvre frère a le cerveau complètement dérangé, mais pour ce qui est des affaires publiques, impossible de trouver plus intelligent que lui, témoin ce qu'il m'a dit aujourd'hui même : « L'Autriche n'est pas un État, une patrie, une nation, c'est une religion. Les calotins et les crétins de cléricaux qui nous gouvernent en ce moment font de nous une soi-disant nation, alors que nous représentons une supernation, la seule supernation qui ait jamais existé au monde. » Et tout en me mettant la main sur l'épaule, il a poursuivi : « Frère, j'entends dire que nous sommes polonais. Nous l'avons toujours été. Pourquoi ne le serions-nous pas? Et nous sommes aussi des Autrichiens, pourquoi n'en serions-nous pas? Mais il y a une imbécillité spéciale aux idéologues. Les sociaux-démocrates, par exemple, ont proclamé que l'Autriche constitue une partie intégrante de la République allemande, et d'ailleurs ce sont eux aussi qui ont inventé la dégoûtante notion des soi-disant nationalités. Les crétins catholiques des Alpes emboîtent le pas aux sociaux-démocrates. La bêtise habite sur les monts. C'est moi, Joseph Chojnicki, qui le dis. » Comment croire que cet homme est dément? ajouta le comte. Je suis sûr, moi, qu'il ne déraisonne pas du tout. Sans l'écroulement de la monarchie, il serait resté absolument sain d'esprit.

Après les discours de cette sorte, nous ne disions plus rien. Un lourd silence pesait sur notre table. Silence qui n'avait pas son origine en nous, mais qui tombait d'en haut. Nous ne pleurions pas notre patrie perdue, nous faisions silence sur sa perte. Parfois, sans nous être concertés, nous nous mettions tout à coup à chanter de vieilles chansons de soldats. Nous étions vivants, présents physiquement, mais en réalité, nous étions déjà des morts.

Un jour, j'accompagnai Chojnicki à Steinhof, pour sa visite hebdomadaire à son frère. Le malade se promenait dans la cour. Il habitait la partie réservée de la maison de santé bien qu'il ne manifestât aucune tendance à la folie furieuse. Il ne reconnut pas son frère. Mais quand je lui dis que j'étais un Trotta, il fut immédiatement au fait.

– Trotta, me dit-il, j'ai vu son père il y a huit jours. Le vieux préfet Trotta. Mon ami le lieutenant a été tué à Krasné-Busk. Je vous aime tous. J'aime tous les Trotta.

Là-dessus, il me donna l'accolade, puis il reprit :

– Ma résidence a nom Steinhof. Désormais, et depuis que j'y demeure, c'est la capitale de l'Autriche. J'y suis le gardien autorisé de la couronne impériale. Mon oncle Ledochowski avait coutume de dire : « Il deviendra un grand homme, ce petit Joseph ! » Je suis devenu un grand homme, il avait raison.

Puis Chojnicki se mit à divaguer. Il réclama son bas. Depuis son internement dans la maison de santé, il tricotait avec un zèle infatigable. De temps en temps, il déclarait : « Je tricote la monarchie ! » Quand j'essayai de prendre congé de lui, il me dit :

– Je n'ai pas l'honneur de vous connaître.

– Je m'appelle Trotta.

– Trotta, c'était le héros de Solférino. Il a sauvé la vie à l'empereur François-Joseph. Ce Trotta est mort depuis longtemps. Il me semble bien que vous êtes un imposteur.

Ce fut ce jour-là que j'appris pourquoi ma femme

faisait de si longues absences, pourquoi elle abandonnait notre enfant et ma pauvre mère paralysée. En rentrant chez moi, j'y trouvai en effet les deux seules personnes pour qui j'éprouvais une haine véritable : Mme Yolande Szatmary et M. Kurt von Stettenheim.

Il s'avéra qu'ils étaient revenus à Vienne depuis plusieurs semaines. Il s'avéra qu'ils avaient abandonné l'industrie des arts décoratifs. Maintenant ils se donnaient corps et âme au cinéma.

– Alexandre Rabinovitch. Comment, vous ne connaissez pas Rabinovitch? disait M. von Stettenheim. Mais il a fondé une « firme » à Vienne.

Toujours des firmes! Il s'avéra aussi qu'Élisabeth se refusait absolument à rester une maman, elle voulait être « star » et à tout prix. La voix du cinéma l'appelait, elle se sentait la vocation du cinéma.

Elle disparut donc un beau jour en me laissant le billet que voici :

> Mon cher mari,
> Ta mère me hait et tu ne m'aimes pas. Je me sens appelée. Je pars avec Yolande et Stettenheim. Pardonne-moi. L'appel de l'art est puissant.
>
> ÉLISABETH.

Je montrai la lettre à maman. Elle la lut deux fois.

Puis elle prit ma tête dans sa main gauche encore valide en me disant :

– Pe... pe... petit, petit!

Ce fut comme si elle me félicitait et me plaignait à la fois.

Qui sait combien de choses sensées elle m'aurait dites sans sa paralysie.

Mon fils n'avait plus de mère. La mère de mon enfant

faisait du cinéma à Hollywood! La grand-mère de mon enfant était une pauvre infirme.

Elle mourut en février.

XXXIII

Elle mourut dans les premiers jours de février. Elle s'éteignit comme elle avait vécu : noblement, silencieusement. Au prêtre venu pour l'administrer, elle déclara :

– Faites vite, mon père, le Bon Dieu n'a pas autant de loisir que l'Église se l'imagine parfois.

En fait, l'abbé n'en eut pas pour longtemps. Puis ma mère m'appela auprès d'elle. Sa voix n'était plus embarrassée, elle s'exprimait aisément comme si sa langue n'avait jamais été paralysée. Elle disait :

– Si tu revois Élisabeth, mais je crois que cela n'arrivera pas, dis-lui que je n'ai jamais pu la souffrir. Je meurs mais je n'ai guère d'estime pour les personnes pieuses qui mentent et se montrent généreuses parce qu'elles sont à l'article de la mort. Maintenant, va me chercher ton fils, que je le voie une dernière fois.

Je descendis. Je revins avec mon fils. Il était déjà grand et passablement lourd. Tout en le portant dans mes bras pour monter l'escalier, je me félicitai de son poids. Ma mère l'embrassa et me le rendis. Elle me dit :

– Éloigne-le. Il ne faut pas l'élever ici.

Elle dit encore :

– Laisse-moi, je désire mourir seule.

Elle passa dans la nuit. C'était la nuit de la révolution. Les coups de feu crépitaient dans la ville noire, et pendant le dîner Chojnicki nous raconta que le gouvernement faisait tirer sur les ouvriers.

– Ce Dollfuss veut exterminer le prolétariat, disait-il. Dieu me pardonne, mais je ne peux pas le souffrir. Il est dans sa nature de creuser sa propre tombe. Jamais le monde n'a vu chose pareille.

Pendant l'inhumation de maman, au cimetière central, porte II, la fusillade continuait dans les rues. Tous nos amis, c'est-à-dire tous nos pensionnaires, nous accompagnaient, ma mère et moi. Il tombait une fine grêle, exactement comme la nuit de mon retour. C'était la même pluie hargneuse et grenue.

On descendit ma mère dans sa tombe à dix heures du matin.

Comme nous sortions du cimetière par la porte II, j'aperçus Manès Reisiger. Il suivait un cercueil. Je me joignis à lui sans le questionner. On fit entrer le corps par la porte III, dans la concession israélite.

Je restai debout devant la fosse béante. Quand le rabbin eut récité sa prière, Manès s'avança et dit :

– Dieu me l'a donné, Dieu me l'a repris. Loué soit son nom dans l'éternité. Le ministre a fait couler le sang, son sang coulera. Il coulera comme un torrent...

On essaya de le retenir mais il continua en enflant la voix :

– Celui qui tue sera tué. Dieu est grand et juste.

Il s'écroula. On le transporta à l'écart tandis qu'Éphraïm, son fils riche de promesses, était mis en terre. Révolté, il avait tiré, on l'avait abattu.

Joseph Branco venait encore chez nous de temps en temps. Il ne s'intéressait plus qu'à son commerce. Mais cette année-là les marrons étaient pourris, véreux, il ne lui restait que les pommes cuites.

Moi, je vendis notre maison et ne conservai que la pension.

On eût dit que la mort de maman en chassait tous mes amis. Ils partirent les uns après les autres. Nous ne nous rencontrions plus qu'au café Wimmerl.

Mon fils seul vivait encore pour moi.

Manès Reisiger avait dit : « Celui qui tue sera tué... »

Je ne m'inquiétais plus des destinées de ce monde. J'envoyai mon fils à Paris, chez mon ami Laveraville.

Je restai seul, seul, seul.

La Crypte des capucins m'offrait son refuge...

ÉPILOGUE

Ce vendredi-là aussi, j'attendais impatiemment ma soirée de prédilection, la seule où je me sentisse chez moi depuis que je n'avais plus de chez-moi, plus de maison. Ces nuits viennoises (plus bienfaisantes que des nuits silencieuses), j'attendais d'aller me mettre sous leur protection après la fermeture des cafés, aussitôt que la lueur des réverbères pâlissait, lasse de son inutilité, et comme si, dans son désir du matin lent à venir, elle aspirait à sa propre fin. Ils ressentaient la fatigue, les réverbères de Vienne, ainsi que des noctambules quand l'aube se lève. Ils souhaitaient le repos du jour.

Ah! souvent aussi je me rappelais de quelle lumière argentée les astres, les étoiles, ces enfants du ciel, baignaient les nuits de ma jeunesse, avec quelle gentillesse ils se penchaient alors sur ma ville pour l'éclairer! En ce temps-là, les jupes des petites femmes, qui faisaient le trottoir dans la Kärntner Strasse, leur descendaient encore jusqu'aux chevilles. Quand il pleuvait, elles se retroussaient, les douces créatures, et j'apercevais leurs bottines à boutons, tellement excitantes! Puis je passais chez Sacher, prendre mon ami Sternberg. Toujours je l'y trouvais installé dans le même compartiment, et toujours le dernier dîneur. Nous repartions ensemble. En fait, nous aurions dû regagner nos pénates. Mais nous étions jeunes et la nuit aussi était jeune (bien qu'avancée déjà) et les petites grues étaient jeunes – tout particulièrement celles d'un certain âge – et les réverbères resplendissaient de jeunesse...

Ainsi nous cheminions à travers notre propre jeunesse et celle de la nuit. Les maisons où nous demeurions nous paraissaient des tombeaux, des asiles tout au plus. Mais les agents de service nous souriaient. Le comte Sternberg leur offrait des cigarettes. Souvent, avec la patrouille, nous suivions le milieu vide et blafard de la rue, les bonnes filles nous emboîtaient le pas, elles marchaient d'une tout autre allure que sur leur trottoir habituel. En ce temps-là, il y avait moins de lanternes qu'à présent, elles se montraient plus modestes aussi. Mais leur jeunesse renforçait leur éclat et d'aucunes allaient même jusqu'à se balancer gaiement au souffle de la nuit.

Plus tard, à mon retour de la guerre, et parce que je n'en revenais pas seulement mûri mais foncièrement vieilli, les nuits de Vienne aussi me montrèrent leurs rides, telles des femmes âgées, assombries par les ans. Le soir ne se fondait plus en elles comme naguère, il évitait leur contact, il pâlissait, s'évanouissait avant leur arrivée. Ces soirs fugaces, peureux, il fallait se hâter de s'en emparer avant leur disparition et j'aimais par-dessus tout à les surprendre dans les jardins publics, au Volksgarten, au Prater, à saisir leur dernière lueur, la plus douce, dans un café où elle s'insinuait encore, ténue et légère comme un parfum...

Donc, ce soir-là, j'allai au café Lindhammer.

L'émotion générale me laissait absolument froid. Depuis longtemps d'ailleurs, depuis mon retour de la guerre, je me considérais comme vivant à tort et m'entraînais à observer tous les événements, qualifiés d'historiques par les journaux, du regard impartial de celui qui n'appartient plus à ce monde. La mort me gratifiait en somme d'un congé illimité, mais il lui était loisible de l'interrompre à tout instant et les affaires d'ici-bas ne me concernaient plus guère.

Et pourtant elles m'affligeaient. Ce vendredi-là surtout. Je me sentais dans la situation d'un retraité de la vie pour lequel la question se pose de savoir s'il va continuer à manger sa pension dans une amère tranquillité ou si l'on ira jusqu'à le frustrer de cette amère tranquillité, de ce « renoncement », plutôt, qu'il a pris l'habitude de nommer « tranquillité ». Je m'étais si bien fait à cet état que lorsqu'un de mes amis venait me trouver pour me déclarer que le moment lui paraissait enfin arrivé de me soucier des affaires de mon pays, et que je lui répondais par la phrase courante : « Je veux ma tranquillité », je savais bien qu'à proprement parler j'aurais dû lui dire : « Je veux mon renoncement! Mon cher renoncement! » Hélas! il s'en est allé, lui aussi. A la suite de mes vœux inexaucés.

Je m'installai donc au café. Et tandis que mes amis continuaient à causer de leurs petites affaires, moi qu'une destinée aussi impitoyable que miséricordieuse avait privé de la seule possibilité d'intérêts particuliers, je ne me souciais plus que de cet intérêt général, dont pourtant je ne m'étais jamais inquiété de ma vie, dont j'avais toute ma vie esquivé le souci.

Il y avait des semaines que je ne lisais plus un seul journal. Les propos de mes amis, qui eux se repaissaient de la lecture des gazettes, qui semblaient ne se maintenir en vie qu'à force de nouvelles et de potins, passaient à côté de mes oreilles sans y pénétrer, sans effet, comme le clapotis des flots du Danube quand il m'arrivait de m'asseoir sur le quai François-Joseph ou sur la promenade Élisabeth. Je me trouvais exclu du circuit des vivants! Exclu, oui, quelque chose comme exterritorialisé. C'est bien cela, j'étais exterritorialisé de la terre des vivants, voilà.

Et même, ce vendredi soir-là, l'émotion manifestée par mes amis me sembla superflue jusqu'au moment où, la porte du café s'ouvrant avec fracas, un jeune homme apparut sur le seuil dans une drôle de tenue. Il portait des guêtres de cuir noir, une chemise blanche et une espèce de casquette militaire qui me fit penser tout ensemble à un pot de chambre et à une caricature de notre ancien képi autrichien. Bref, ce n'était pas même un couvre-chef prussien (les Prussiens ne portent en effet ni chapeaux ni képis, mais seulement des couvre-chefs). Moi, qui vivais loin du monde et de l'enfer que le monde représentait à mes yeux, je m'avérais tout à fait incapable de reconnaître les nouveaux uniformes, à plus forte raison de les identifier. Que la chemise fût bleue, verte, rouge, la culotte noire, brune, verte, bleu laque, qu'il y eût des bottes, des éperons, des buffleteries, des ceintures, des poignards dans des étuis de toutes sortes, moi, pour ma part, j'avais résolu depuis fort longtemps, depuis mon retour de la guerre, de ne pas les distinguer, de ne pas les reconnaître. Aussi fus-je tout d'abord plus surpris que mes amis par l'apparition du fameux personnage. Réellement, pendant quelques instants, je crus que les lavabos du sous-sol se trouvaient subitement transportés dans la rue et que l'un des préposés à leur entretien venait annoncer que toutes les places y étaient occupées. Mais l'homme proclamait :

– *Volksgenossen* [1], le gouvernement est renversé! Un nouveau gouvernement populaire allemand a pris le pouvoir!

Depuis mon retour de la guerre, retour dans une vieille patrie, cousue de rides, jamais je n'étais parvenu à croire en un gouvernement quelconque, à plus forte raison en un gouvernement populaire. Aujourd'hui encore – à la veille de ma mort, il m'est bien permis à moi, homme, de dire la vérité –, aujourd'hui encore donc, j'appartiens à une époque, en apparence ensevelie, où l'on trouvait tout naturel qu'un peuple fût gouverné, parce qu'il ne pouvait pas se gouverner lui-même sans précisément cesser d'être un peuple. « Gouvernement populaire », à mes oreilles de sourd, si souvent traitées de réactionnaires, ces mots sonnaient comme ceux d'une femme chérie qui serait venue me déclarer qu'elle pouvait se passer de moi et que, afin d'avoir un enfant, elle devait, elle était même absolument obligée, de coucher toute seule dans son lit.

Et, pour cette raison, ce qui me surprit le plus, ce fut la terreur qui s'empara de mes amis à la vue de l'homme aux bottes bizarres et à l'audition de sa proclamation non moins bizarre. Nous occupions trois tables à nous tous. La minute d'après, j'y restai ou plutôt m'y retrouvai tout seul. Absolument seul en vérité. Un instant, il me sembla qu'après m'être cherché longtemps moi-même, je me rencontrais soudain dans une solitude effarante. Tous mes amis en effet s'étaient levés brusquement et, au lieu de commencer par me souhaiter une bonne nuit comme l'usage le voulait entre nous, ils clamèrent : « Garçon, l'addition! » Puis, Franz, notre garçon, demeurant invisible, ils crièrent au patron, Adolphe Feldmann : « On réglera demain! » et sortirent sans me gratifier d'un seul regard.

1. Terme nazi : camarades et concitoyens.

Je continuai à penser qu'ils reviendraient réellement payer le lendemain, et que si Franz n'accourait pas à leur appel aussi vite que d'habitude, c'est qu'il se trouvait retenu à la cuisine ou quelque part ailleurs. Mais deux minutes plus tard, le patron surgissait de derrière le comptoir, son pardessus sur le dos, son chapeau melon sur la tête. Il me dit :

– Monsieur le baron, nous allons nous séparer pour toujours. Si jamais nous devions nous rencontrer de par le monde, nous nous reconnaîtrions. Vous ne reviendrez certainement pas ici demain... à cause de ce nouveau gouvernement populaire allemand. Est-ce que vous rentrez chez vous, ou bien avez-vous l'intention de rester encore un moment?

– Je reste, comme d'habitude.

– Alors, adieu, Monsieur le baron. J'éteins l'électricité, voici deux bougies.

Il alluma deux bougies blanches. Il me semblait vaguement qu'il allumait mes cierges mortuaires. Mais à peine avais-je eu le temps d'en prendre conscience que déjà toutes les lumières du café s'éteignaient et que, blême sous son melon noir, plus semblable à un croque-mort qu'à un jovial cafetier à barbiche d'argent, Adolphe Feldmann me remettait une lourde croix gammée en plomb et me disait :

– Pour parer à toute éventualité, Monsieur le baron. Buvez tranquillement votre petit verre. Je ferme le rideau de la devanture. Quand vous désirerez vous en aller, vous pourrez ouvrir de l'intérieur. Vous trouverez le bâton à droite de l'entrée.

– Je voudrais régler, dis-je.

– Pas le temps aujourd'hui, me répondit-il.

Déjà il avait disparu et déjà j'entendais le rideau de fer descendre devant la porte.

Je me retrouvai donc tout seul à ma table, en tête à

tête avec les bougies. Elles collaient au faux marbre, elles me faisaient penser à deux gros vers blancs, dressés, allumés. A chaque minute, je m'attendais à les voir se tordre, comme il sied à des vers.

Une peur sinistre m'envahit. Je criai : « Franz, l'addition! » comme tous les soirs.

Alors ce ne fut pas le garçon qui vint à mon appel mais le chien de garde, qui répondait aussi au nom de Franz et que je n'avais jamais pu souffrir. Une bête gris sable, aux yeux chassieux, à la gueule baveuse. Je n'aime guère les animaux et pas du tout les cabots. J'ai cru toute ma vie qu'ils enlèvent aux humains une part de l'affection qui leur revient, et ma façon de voir me paraissait singulièrement justifiée depuis que j'avais appris par hasard que les tenants du IIIe Reich ont un amour tout spécial pour ces grands chiens-loups employés en Allemagne en guise de chiens de berger.

« Pauvres troupeaux! » songeais-je.

Donc, c'était le toutou qui accourait à mon appel. Bien que je fusse son ennemi, il se frottait la tête contre mes jambes comme pour demander pardon. Et les bougies se consumaient funèbres, mortuaires. Aucune sonnerie ne me parvenait de la Peterskirche. Or je ne porte jamais de montre sur moi et j'ignorais quelle heure il était... Je dis au chien :

– Franz, l'addition!

Il sauta sur mes genoux. Je lui présentai un petit bout de sucre. Il ne le prit pas et se contenta de remuer la queue. Puis il lécha la main dont il avait refusé le cadeau.

Je soufflai une bougie, détachai l'autre du faux marbre, me dirigeai vers la porte, pris le bâton et, de l'intérieur, je poussai le rideau de fer.

En vérité, je voulais échapper au chien et à ses démonstrations d'amitié. Mais quand je me retrouvai dans la rue, la gaule à la main pour redescendre le rouleau, je m'aperçus que Franz ne m'avait pas quitté. Il s'attachait à mes pas. Impossible pour lui de rester là. C'était un vieux cabot. Pendant dix ans, il avait été au service du café Lindhammer, comme moi au service de François-Joseph. Et maintenant, il ne pouvait plus continuer. Nous ne pouvions plus continuer ni l'un ni l'autre.

Je répétai :

– L'addition, Franz !

Il me répondit en agitant la queue.

L'aube se levait sur les croix étrangères. Une douce brise balançait les vieilles lanternes pas encore éteintes. Pas encore éteintes cette-nuit-là. Je déambulai le long des rues étrangères, en compagnie d'un chien étranger. Il avait résolu de me suivre. Mais où ?

Je le savais aussi peu que lui.

La Crypte des capucins, où mes empereurs gisent dans leurs sarcophages de pierre, était fermée.

Un frère vint à ma rencontre, il me demanda :

– Que désirez-vous ?

– Je veux voir le cercueil de l'empereur François-Joseph.

– Dieu vous bénisse, me dit le capucin, en faisant sur moi le signe de la croix.

– Dieu protège l'empereur [1] ! m'écriai-je.

– Chut ! fit le moine.

Où aller à présent ? Où aller ? Moi, un Trotta ?

1. *Gott erhalte*, début de l'hymne impérial autrichien.

La Fuite sans fin
Gallimard, 1929 et 1985

La Toile d'araignée
Gallimard, 1970 et 1991

Le Prophète muet
Gallimard, 1972

Conte de la 1002ᵉ nuit
Gallimard, 1973

Le Poids de la grâce
Calmann-Lévy, 1982 et 1991

La Marche de Radetzky
Seuil, 1982
et « Points », n° P8

Tarabas, un hôte sur cette terre
Seuil, 1985
et « Points », n° 389

La Légende du saint buveur
Seuil, 1986

Juifs en errance
suivi de l'Antéchrist
Seuil, 1986

Hotel Savoy
Gallimard, 1987

La Rébellion
Seuil, 1988
et « Points », n° 444

Les Fausses Mesures
Seuil, 1989

Croquis de voyage
Seuil, 1994

Notre assassin
Bourgois, 1994

à paraître aux éditions du Seuil

Le Marchand de corail

Le Roman des Cent-Jours

Lettres choisies

BUSSIÈRE CAMEDAN IMPRIMERIES À SAINT-AMAND (CHER)
DÉPÔT LÉGAL : DÉCEMBRE 1995. Nº 26418 (4/1057)

Collection Points